महापुरुषों की कलम से

विश्व विचारक महावाक्य

सरश्री द्वारा रचित श्रेष्ठ पुस्तकें

१. **इन पुस्तकों द्वारा आध्यात्मिक विकास करें**
- निःशब्द संवाद का जादू – जीवन की १११ जिज्ञासाओं का समाधान
- विचार नियम – आपकी कामयाबी का रहस्य
- संपूर्ण ध्यान – २२२ सवाल
- तुम्हें जो लगे अच्छा वही मेरी इच्छा – भक्ति नियामत
- मोक्ष – अंतिम सफलता का राजमार्ग
- सुनहरा नियम – रिश्तों में नई सुगंध
- आध्यात्मिक उपनिषद् – सत्य की उपस्थिति में जन्मी 24 कहानियाँ
- शिष्य उपनिषद् – कथाएँ गुरु और शिष्य साक्षात्कार कीं
- भक्ति के भक्त – रामकृष्ण परमहंस

२. **इन पुस्तकों द्वारा स्वमदद करें**
- संपूर्ण लक्ष्य – संपूर्ण विकास कैसे करें
- अवचेतन मन की शक्ति के पीछे आत्मबल
- धीरज का जादू – संतुलित जीवन संगीत
- समग्र लोक व्यवहार – मित्रता और रिश्ते निभाने की कला
- नींव नाइन्टी – नैतिक मूल्यों की संपत्ति
- स्वीकार का जादू
- संपूर्ण सफलता का लक्ष्य

३. **इन पुस्तकों द्वारा हर समस्या का समाधान पाएँ**
- स्वास्थ्य त्रिकोण – स्वास्थ्य संपन्न
- खुशी का रहस्य – सुख पाएँ, दुःख भगाएँ : ३० दिन में
- रिश्तों में नई रोशनी

४. **इन आध्यात्मिक उपन्यासों द्वारा जीवन के गहरे सत्य जानें**
- मृत्यु पर विजय – मृत्युंजय
- स्वयं का सामना – हरक्युलिस की आंतरिक खोज
- कैसे करें ईश्वर की नौकरी – एक जिम्मेदार इंसान की कहानी, समझ मिलने के बाद
- तनाव का डॉक्टर आपके अंदर – नया जीवन, नई राहें
- बड़ों के लिए गर्भ संस्कार – १० अवतार का जन्म आपके अंदर
- सन ऑफ बुद्धा – जागृति का सूरज

महापुरुषों की कलम से

विश्व विचारक महावाक्य

एक विचार भी विश्व बदल सकता है

A Happy Thoughts Initiative

महापुरुषों की कलम से - **विश्व विचारक महावाक्य**

© Tejgyan Global Foundation
All Rights Reserved 2010
Tejgyan Global Foundation is a charitable organization with its headquarters in Pune, India.

सर्वाधिकार सुरक्षित

वॉव पब्लिशिंग्ज् प्रा. लि. द्वारा प्रकाशित यह पुस्तक इस शर्त पर विक्रय की जा रही है कि प्रकाशक की लिखित पूर्वानुमति के बिना इसे व्यावसायिक अथवा अन्य किसी भी रूप में उपयोग नहीं किया जा सकता। इसे पुनः प्रकाशित कर बेचा या किराए पर नहीं दिया जा सकता तथा जिल्दबंद या खुले किसी भी अन्य रूप में पाठकों के मध्य इसका परिचालन नहीं किया जा सकता। ये सभी शर्तें पुस्तक के खरीददार पर भी लागू होंगी। इस संदर्भ में सभी प्रकाशनाधिकार सुरक्षित हैं। इस पुस्तक का आंशिक रूप में पुनः प्रकाशन या पुनः प्रकाशनार्थ अपने रिकॉर्ड में सुरक्षित रखने, इसे पुनः प्रस्तुत करने की प्रति अपनाने, इसका अनूदित रूप तैयार करने अथवा इलेक्ट्रॉनिक, मैकेनिकल, फोटोकॉपी और रिकॉर्डिंग आदि किसी भी पद्धति से इसका उपयोग करने हेतु समस्त प्रकाशनाधिकार रखनेवाले अधिकारी तथा पुस्तक के प्रकाशक की पूर्वानुमति लेना अनिवार्य है।

द्वितीय आवृत्ति : अगस्त २०११
तृतीय आवृत्ति : अगस्त २०१४
रीप्रिंट : जून २०१७
प्रकाशक : वॉव पब्लिशिंग्ज़ प्रा. लि., पुणे

Mahapurushon Ki Kalam Se
Tejgyan Global Foundation

यह पुस्तक समर्पित है,
उन संकलनकर्ताओं को,
जिनके संकलन करने के जज़्बे ने
महापुरुषों के कलम को सदा ताज़ा रखा
और बिखरे हुए ज्ञान के
मोतियों की माला बनाई।

प्रेरणा सूत्र

१. अनुभव/११
२. अतीत/१२
३. अनुशासन/१४
४. अफसोस/१६
५. अमीर/१८
६. अवसर/मौका/२०
७. असंभव/२२
८. असफलता/२४
९. अज्ञान/मूर्खता/२६
१०. आत्मविश्वास/२८
११. आदत/३०
१२. आलस/३२
१३. आलोचना/३४
१४. आशा/३६
१५. इंसान/३८
१६. इच्छा/४०
१७. इरादा/४२
१८. ईश्वर/४४
१९. उत्कृष्टता/४६
२०. उत्साह/४८
२१. उद्देश्य/५०
२२. उपलब्धि/सफलता/५२
२३. एकाग्रता/५४
२४. कर्म/५६
२५. कल्पना/५८
२६. कष्ट/५९
२७. काम/६०
२८. कोशिश/६२
२९. क्रोध/६३
३०. खुशी/६५
३१. खोज/६७
३२. गरीब/६९
३३. गलती/७०
३४. चरित्र/७२
३५. चिंता/७४
३६. जीवन/७७
३७. डर/७९
३८. दान/८०
३९. दु:ख/८१
४०. दुनिया/८३
४१. दुर्भाग्य/८५
४२. दोष/८७
४३. धन/८९
४४. धर्म/९१
४५. धैर्य/९३
४६. नजरिया/९४
४७. निर्णय/९६
४८. निराशावादी/९८
४९. नौकरी/१००
५०. पराजय/१०३
५१. परिणाम/१०५
५२. परिवर्तन/१०७

6

५३.	परिस्थिति/१०९		८४.	लोभ/१६०
५४.	पहल/११०		८५.	विचार/१६१
५५.	पुस्तक/११२		८६.	विनम्रता/१६३
५६.	प्रगति/विकास/११४		८७.	विपत्ति/१६४
५७.	प्रशंसा/११५		८८.	विवाह/१६५
५८.	प्रेम/११६		८९.	विश्वास/१६६
५९.	प्रेरणा/११८		९०.	व्यवसाय/१६७
६०.	बच्चे/१२०		९१.	शक्ति/१६८
६१.	बहाना/१२२		९२.	शब्द/१६९
६२.	बहुमत/१२३		९३.	शत्रु/१७१
६३.	बाधा/१२४		९४.	शिक्षा/१७२
६४.	बुढ़ापा/१२६		९५.	श्रेय/१७४
६५.	बुद्धिमत्ता/१२८		९६.	संकल्प/१७५
६६.	बुरी आदतें /विकार/१३०		९७.	सत्य/१७७
६७.	बोलना/१३२		९८.	सपना/१७९
६८.	भविष्य/१३४		९९.	सफलता/१८१
६९.	भाग्य/१३५		१००.	समय/१८३
७०.	भाषा/१३७		१०१.	समस्या/१८६
७१.	मस्तिष्क/१३८		१०२.	सलाह/१८७
७२.	महत्वाकांक्षा/१४०		१०३.	सवाल/१८९
७३.	महान/१४१		१०४.	साहस/१९०
७४.	मित्र/१४३		१०५.	सुंदरता/१९२
७५.	मुश्किल/१४५		१०६.	सुख/१९३
७६.	मूर्ख/१४७		१०७.	सुनना/१९५
७७.	मेहनत/१४९		१०८.	सेवा/१९७
७८.	मृत्यु/१५१		१०९.	सोना/१९८
७९.	युद्ध/१५३		११०.	स्वर्ग/१९९
८०.	योग्यता/१५४		१११.	स्वास्थ्य/२००
८१.	योजना/१५६		११२.	क्षमता/२०२
८२.	लगन/१५७		११३.	ज्ञान/२०४
८३.	लक्ष्य/१५८			

छोटी किरणें, बड़ी दौलत

प्रस्तावना

महावाक्य, सुविचार, सूक्तियाँ ज्ञान का भंडार होते हैं। ये असीम को सीमा देने का सुंदर प्रयास हैं। ये गागर में सागर भरने की कला का अनुपम उदाहरण हैं क्योंकि ये निराशा व कुंठा से भरे जीवन में आशा की किरणें जगा सकती हैं।

महान विचारकों के अनुभव जब शब्दरूप में कागज पर कलम से उतरते हैं तो वे नई क्रांति ला सकते हैं। उनके अनुभवों के निचोड़ से सदियों तक समाज लाभान्वित होता है, एक नई दिशा प्राप्त करता है। अनुभवसिद्ध विचारों में अनंत शक्ति छिपी होती है, जिन्हें पढ़कर विश्वास, प्रेरणा, ऊर्जा और ज्ञान का संवर्धन किया जा सकता है। नव-निर्माण का बीज इन्हीं सूक्तियों में समाहित है।

सूक्तियाँ वे पैनी कीलें हैं, जो सच्चाई को हमारी स्मरणशक्ति पर जड़ देती हैं और इन कीलों को ठोंकने की हथौड़ी है- मनन। सुवचनों पर मनन-चिंतन कर उन्हें जीवन में उतारकर हम अपना ही नहीं, सारी मानवजाति का कल्याण कर सकते हैं।

ऐसा कभी नहीं हुआ कि पृथ्वी महापुरुषों के वाक्यों से या उनके अनुभवों की लिखावट से कभी खाली रही, समय-समय पर इन महापुरुषों ने इस जगत को अपने इन वचनों से नई राह दिखाई है। कुछ विचार न केवल हमें प्रेरणा देते हैं बल्कि वे हमें स्वयं को यानी 'मैं कौन हूँ?' यह जानने में भी मदद करते हैं। वस्तुतः एक विचार भी विश्व को बदलने की शक्ति रखता है। श्रीकृष्ण ने विचार दिया था निष्काम कर्म करने का, जिससे इंसान फल की आसक्ति से दूर हुआ। गौतम बुद्ध ने नया विचार दिया शून्यत्व का, जिसने इंसान को दुःखमुक्त किया। भगवान महावीर,

महात्मा गांधीजी ने विश्व को एक नया विचार दिया- अहिंसा का, जिसने भारत को आंतरिक और बाह्य आज़ादी दिलाई। यह है सुविचार का महात्म्य।

प्रायः हम संतों के अमृत-वचन सुनकर मार्गदर्शन पाते हैं। आज हमें आत्मबोध प्राप्त तेजगुरु सरश्री तेजपारखीजी से प्रत्यक्ष मार्गदर्शन ग्रहण करने का सौभाग्य मिल रहा है। इस पुस्तक में संकलित विविध विषयों पर लिखे गए सुविचारों में उनके महावाक्य भी संग्रहित किए गए हैं। जैसे 'ईश्वर खाली प्याले में ही ज्ञान का अमृत भरता है, तो पहले अपना प्याला खाली कर, खाली समय में खाली होने की कला सीखें', 'ईश्वर ही है, तुम हो कि नहीं यह पक्का करो, पता करो।' सरश्री की इन पंक्तियों पर यदि कोई गहराई से मनन करे तो निश्चित ही उस इंसान के जीवन में अमूलाग्र परिवर्तन होगा।

एक वाक्य में ज्ञान का पिटारा लिए ये सुविचार इंसान को मालामाल कर सकते हैं, गुणों की खान बना सकते हैं। ये आशा की छोटी किरणें, जीवन की बड़ी दौलत हैं तो क्यों रहें हम इनसे महरूम? आओ चलो, खोलकर देखते हैं यह पिटारा, जीवन सँवर जाएगा तुम्हारा।

धन्यवाद...

अनुभव

१ अनुभव बडा ही सख्त शिक्षक है, क्योंकि वह इम्तहान पहले लेता है और सबक बाद में सिखाता है। - वरनॉन सैंडर्स लॉ

२ पानी को सबसे अच्छी तरह वही जानता है, जिसने उसे तैरकर पार किया हो। -डेनिश सूक्ति

३ अनुभव बुद्धिमत्ता की जननी है। -अज्ञात

४ अनुभव के बिना कोरा शाब्दिक ज्ञान अंधा है। - विवेकानंद

५ बुद्धिमान मनुष्य अपने अनुभवों से सीखता है। अधिक बुद्धिमान दूसरों के अनुभवों से सीखता है। -चीनी कहावत

६ बिजनेस की दुनिया में हर व्यक्ति के पास दो विकल्प होते हैं : पैसा और अनुभव। जो अनुभव का विकल्प चुनता है, बाद में उसे पैसा अपने आप मिल जाता है। -हैरॉल्ड जेनीन

७ एक विचार की कौंध कई बार जीवन भर के अनुभव के बराबर होती है। -ऑलिवर वेंडेल होम्स

८ अनुभव न तो कभी सीमित होता है, न ही पूर्ण। -हेनरी जेम्स

९ अनुभव कम रोशनी वाली मशाल है, जो सिर्फ पकड़ने वाले को ही राह दिखाती है। -लुइस-फर्डिनन्ड सेलाइन

१० हर व्यक्ति अपनी गलतियों को अनुभव का नाम देता है। -ऑस्कर वाइल्ड

११ अनुभव को कल्पना में लाने की कोशिश में विश्व के सारे धर्म, मजहब बने, लेकिन ईश्वर अनुभव है, न कथा न कल्पना। -सरश्री

१२ जब अनुभवकर्ता अनुभव में, अनुभव का, अनुभव करता है तब उसे स्वबोध कहते हैं। -सरश्री

अतीत

१ अतीत को तो ईश्वर भी नहीं बदल सकता। – अगैथन

२ अतीत ही एकमात्र ऐसी मृत वस्तु है, जिससे अच्छी खुशबू आती है।
–एडवर्ड थॉमस

३ आत्मविश्वास अतीत की सफलता की याद है। –अज्ञात

४ अच्छी पुस्तकें पढ़ना बीती सदियों के बेहतरीन लोगों के साथ बातचीत करना है। –रेने देकार्त

५ जो लोग अतीत को याद नहीं रख सकते, वे इसे दोहराने के लिए अभिशप्त* होते हैं। –जॉर्ज संतायन

६ हर युग में 'पुराने सुनहरे दिन' एक मिथक थे। उस वक्त किसी ने उन्हें सुनहरा नहीं माना था। हर युग में ऐसे संकट रहे हैं, जो उस वक्त के लोगों को असहनीय लगे थे। –ब्रुक्स एटकिन्सन

७ सिर्फ वही इतिहास मूल्यवान है, जो हम आज बनाते हैं। –हेनरी फोर्ड

८ अगर आप कल गिरे थे, तो आज उठकर खड़े हो जाएँ। –एच.जी.वॅल्स

९ इतिहास के तजुर्बों से हम सबक नहीं लेते, इसीलिए इतिहास खुद को दोहराता है। –विनोबा भावे

१० इतिहास से हम यही सीखते हैं कि हम इतिहास से कुछ नहीं सीखते।
–जॉर्ज विल्हेम हीगल

११ अतीत को बदला नहीं जा सकता, वर्तमान से बचा नहीं जा सकता, केवल भविष्य को सँवारने का कार्य ही वर्तमान में किया जा सकता है। – सरश्री

** दोषी, अपराधी, शापित*

१२ सत्य से प्रेम करने वाले ज्यादा समय वर्तमान में रहते हैं, क्योंकि भूत झूठ है, भविष्य कल की कल्पना है।   –सरश्री

अनुशासन

१ जब तक घोडे.पर लगाम नहीं कसी जाती, तब तक वह कहीं नहीं पहुँच पाता। भाप को जब तक कैद न किया जाए, तब तक उससे कुछ नहीं चल सकता। नायग्रा तब तक रोशनी और शक्ति नहीं देता, जब तक कि उसके पानी को अनुशासित न किया जाए। इसी तरह कोई भी जीवन तब तक महान नहीं बनता, जब तक कि उसे एकाग्र, समर्पित और अनुशासित न किया जाए।

– हैरी इमर्सन फॉस्डिक

२ काम मुश्किल नहीं होता; मुश्किल तो अनुशासन होता है। –अज्ञात

३ अगर आपके जीवन से दबाव, तनाव और अनुशासन को हटा दिया जाए, तो आप कभी वैसे नहीं बन पाएँगे, जैसे कि बन सकते हैं।

–डॉ. जेम्स जी. बिल्की

४ अनुशासन ही लक्ष्य और सफलता के बीच का पुल है। – जिम रॉन

५ सहनशीलता बड़ा मुश्किल अनुशासन है, लेकिन सहनशील को ही अंतिम विजय मिलती है। –बुद्ध

६ महान लोगों की जीवनी पढऩे पर मैंने पाया कि सबसे पहले उन्होंने खुद को जीता था; आत्म–अनुशासन उन सभी के लिए सबसे बढक़र था।

–हैरी एस. ट्रूमैन

७ अनुशासन यह याद रखना है कि आप क्या चाहते हैं। –डेविड कैंपबेल

८ स्वयं को जीतना पहली और सर्वश्रेष्ठ विजय है। –प्लेटो

९ जिसे करना हमारी शक्ति में है, उसे न करना भी हमारी शक्ति में है।

–अरस्तू

१० इस विचित्र जीवन का एक विचित्र सत्य यह है कि जो लोग सबसे ज्यादा मेहनत करते हैं, जो खुद पर सबसे ज्यादा अनुशासन लादते हैं, जो किसी लक्ष्य

को प्राप्त करने के लिए कुछ आनंददायक चीजों का त्याग करते हैं, वही सबसे ज्यादा सुखी होते हैं। -ब्रूटस हैमिल्टन

११. सेना में अनुशासन की उपेक्षा से ज्यादा हानिकारक कुछ नहीं है; संख्या नहीं, अनुशासन ही एक सेना को दूसरी से श्रेष्ठ बनाता है। -जॉर्ज वॉशिंगटन

१२. जीवन का आधा हिस्सा भाग्य है, बाकी का आधा अनुशासन है, जो ज्यादा महत्त्वपूर्ण हिस्सा इसलिए है, क्योंकि अनुशासन न होने पर आपको पता ही नहीं होगा कि भाग्य का क्या करें। -कार्ल जुकमेयर

१३. हम सभी को दो कष्ट उठाने होते हैं : अनुशासन का कष्ट या पश्चाताप का दर्द। अंतर इतना है कि अनुशासन का वजन औंस में होता है और पश्चाताप का टनों में। -जिम रॉन

१४. सफल व्यक्ति को ऐसे काम करने की आदत होती है, जिन्हें असफल लोग करना पसंद नहीं करते। यह जरूरी नहीं है कि उन कामों को करना सफल व्यक्तियों को भी पसंद हों। लेकिन उनकी नापसंदगी उनके उद्देश्य की शक्ति के अधीन होती है। -ई. एम. ग्रे

१५. शरीर को पिताजी का प्रेम, मन को माँ का प्रेम और मस्तिष्क को गुरु का प्रेम दें तो ही आपका जीवन आत्मअनुशासित हो जाएगा। -सरश्री

१६. जो इंसान अपने शरीर पर अनुशासन रखता है, मन पर अंकुश रखता है, बुद्धि को हर दम दुरुस्त रखता है, वह मोहताज नहीं, मोहतेज जीवन जीता है।

-सरश्री

अफसोस

१. आदमी की सबसे बड़ी दौलत उसकी जिंदगी होती है। उसे अपनी जिंदगी इस तरह जीना चाहिए, ताकि बाद में पछताना न पड़े कि उसने अपनी जिंदगी के कीमती साल यूँ ही गुजार दिए। — निकोलाई ऑस्त्रोवस्की

२. बोले या लिखे गए सबसे दुःखद शब्द हैं, 'मैं यह काम कर सकता था।'
—व्हिटियर

३. कुछ लोग काम पहले करते हैं, सोचते बाद में हैं और सदा अफसोस करते हैं। — सेकर

४. कब्र पर सबसे ज्यादा आँसू अनकहे शब्दों और अनकिए कामों के लिए बहाए जाते हैं। —हैरियट बीचर स्टोव

५. हमें ऐसा जीवन जीने की कोशिश करनी चाहिए ताकि जब हमारी मौत की घड़ी आए, तो दफनाने वाले तक अफसोस करें। — मार्क ट्वेन

६. जब एक द्वार बंद होता है, तो दूसरा खुल जाता है, लेकिन हम अक्सर बंद दरवाजे को इतनी देर तक अफसोस से देखते हैं कि उस दरवाजे को देख ही नहीं पाते, जो हमारे लिए खुल गया है। —अलेक्जेंडर ग्राहम बेल

७. बहुत से लोग जिन दो चोरों के बीच खुद को सूली पर लटकाते हैं, वे हैं अतीत का अफसोस और भविष्य का डर। —फुल्टन अवर्स्लर

८. कभी किसी बात का अफसोस मत करो। अगर घटना अच्छी है, तो बड़ी अच्छी बात है। अगर बुरी है, तो अनुभव है। —विक्टोरिया होल्ट

९. कोई आदमी तब तक बूढ़ा नहीं होता, जब तक कि सपनों की जगह अफसोस नहीं आ जाते। — जॉन बैरीमोर

१०. मुझे अक्सर अपने बोलने का अफसोस हुआ है, चुप रहने का कभी नहीं हुआ। —पब्लिलियस साइरस

११ मृत्युशैया पर लेटे किसी आदमी ने आज तक यह अफसोस नहीं किया, 'काश मैंने ऑफिस में थोड़ा ज्यादा समय बिताया होता।' −अज्ञात

१२ पछताने में समय बरबाद करने के बाद लोग दूसरी गलती यह करते हैं कि वे पछताने में समय बरबाद करने की गलती पर अफसोस करने लगते हैं। यह है डबल नुकसान आदत (DNA)। −सरश्री

अमीर

१ जो इंसान दौलत का संग्रह तो करता है, लेकिन उसका आनंद नहीं लेता, वह उस गधे जैसा है, जो उठाता तो सोने की ईंटें है, लेकिन खाता घास ही है।
–सर रिचर्ड बर्टन

२ अमीरों के मजाक हमेशा सफल होते हैं। –ऑलिवर गोल्डस्मिथ

३ लोग अमीर बनें, इसमें कुछ गलत नहीं है। गलत तो तब होता है, जब इंसान धन का गुलाम बन जाए। –बिली ग्राहम

४ जो व्यक्ति एक ही दिन में अमीर बनना चाहता है, वह एक साल में फाँसी पर जरूर लटकेगा। –लियोनार्डो द विन्ची

५ कब्रिस्तान में सबसे अमीर आदमी होने से क्या फायदा? वहाँ आप कोई बिजनेस नहीं चला सकते। –कर्नल हरलैन सैंडर्स

६ अगर आप जानते हैं कि आमदनी से कम खर्च कैसे किया जाए, तो समझ लें कि आपके पास पारस पत्थर है। –बेंजामिन फ्रैंकलिन

७ अगर आप एम्पायर स्टेट बिल्डिंग बनाना चाहते हैं, तो सबसे पहले आपको एक गहरा गड्ढा खोदना पड़ेगा और एक मजबूत नींव डालनी होगी। ज्यादातर लोग अमीर बनने के चक्कर में 6 इंच के स्लैब पर एम्पायर स्टेट बिल्डिंग खड़ी करना चाहते हैं। –रॉबर्ट कियोसाकी

८ अमीर बनने का मतलब है पैसा होना; बेहद अमीर बनने का मतलब है समय होना। –मार्गरेट बोनानो

९ बहुत से लोग दौलत हासिल करने के चक्कर में अपनी सेहत गँवा देते हैं और फिर उन्हें अपनी सेहत हासिल करने के लिए दौलत खर्च करनी पड़ती है।
–ए.जे. रेब मैटेरी

१० पैसे को भगवान बना लेंगे, तो यह आपको शैतान की तरह सताएगा।

－हेनरी फील्डिंग

११ पैसा समझदार आदमी के दिमाग में रहना चाहिए, दिल में नहीं।

－जोनाथन स्विफ्ट

१२ सब जग निर्धन है, धनवान कोई नहीं। धनवान सिर्फ वही है, जिसके पास राम नाम का धन है। －कबीर

१३ जो लोग यह मानते हैं कि पैसे से हर चीज हो सकती है, उनसे तार्किक रूप से यह उम्मीद की जा सकती है कि वे पैसे की खातिर हर चीज करने को तैयार हो जाएँगे। －एडवर्ड एफ. हेलिफैक्स

१४ कोई इंसान हीरे पाकर भी भीख माँगता रहे, तो हीरे मिले न मिले एक बराबर है। －सरश्री

१५ लापरवाही + सुस्ती + गलत आदतें － समझ = पैसे की समस्या। पैसे के बारे में सबसे महत्त्वपूर्ण समझ यह है कि पैसा रास्ता है, मंज़िल नहीं।

－सरश्री

अवसर / मौका

१ अवसर मुश्किल के बीचोबीच छिपा होता है। –अल्बर्ट आइंस्टीन

२ अक्सर जब हम ठहरकर सोच-विचार करने लगते हैं, तो अवसर गुजर जाता है। –पब्लिलियस साइरस

३ जीवन में सफलता का रहस्य यह है कि जब भी अवसर आए, तो इंसान उसके लिए तैयार रहे। –बेंजामिन डिजराइली

४ चूके अवसर से ज्यादा महँगा कुछ नहीं होता। –एच. जैक्सन ब्राउन

५ छोटे अवसर अक्सर महान कामों की शुरुआत होते हैं। –डेमोस्थनीज

६ हम सभी में समान गुण नहीं हैं, लेकिन हम सभी को अपने गुण विकसित करने का समान अवसर अवश्य मिलना चाहिए। –जॉन एफ . केनेडी

७ ज्यादातर लोग अवसर का लाभ उठाने से इसलिए चूक जाते हैं, क्योंकि यह मजदूरों की पोशाक में आता है और काम जैसा दिखता है।

–थॉमस एडिसन

८ अवसर को दाढी से पकड़ो, क्योंकि पीछे से यह गंजा है।

–बल्गारिया की सूक्ति

९ अवसर न मिले, तो योग्यता का ज्यादा महत्व नहीं है। –नेपोलियन

१० नए अवसर को ताकते समय यह याद रखें कि सूर्य आम तौर पर वहीं से नहीं निकलता, जहाँ यह आखिरी बार डूबा था। –रॉबर्ट ब्रॉल्ट

११ अगर कोई नाव में सफर करना चाहता है, तो उसे नदी किनारे मौजूद रहना चाहिए। –एंकी मिन

१२ अवसर उतना ही दुर्लभ है जितनी कि ऑक्सीजन; लोग दिन भर साँस लेते हैं, लेकिन इस बात से अनजान रहते हैं। –डॉक सेन

१३ अवसरों पर उनके मूल्य की मोहर नहीं लगी होती।   -माल्टबी बैबकॉक

१४ अवसर सिर्फ एक बार दस्तक देता है।   -अज्ञात

१५ बेहतर है कि तैयार होने के बावजूद अवसर न मिले, बजाय इसके कि अवसर तो आए, लेकिन आप तैयार न हों।   -व्हिटनी एम. यंग

१६ जो लोग अवसर को नहीं पकड़ पाते, उनकी मदद तो देवता भी नहीं कर सकते।   -चीनी सूक्ति

१७ हर समस्या, हर शंका, हर तकलीफ-दु:ख के कपड़ों में लिपटा हुआ अवसर है। हमारी नजर हमेशा अवसर देखे, न कि वृत्तियाँ।   -सरश्री

१८ सोए हुए के लिए जीवन धोखा है, जागे हुए के लिए बड़ा मौका है।

   -सरश्री

१९ सुस्ती और अवसर अंधेरे और रोशनी की तरह साथ रहते हैं यानी सुस्ती आते ही अवसर भाग जाता है।   -सरश्री

असंभव

१ हर महान कार्य पहले असंभव नजर आता है। –कार्लायल

२ मेरे शब्दकोश में असंभव शब्द नहीं है। –नेपोलियन

३ असंभव और संभव के बीच का फर्क मनुष्य के संकल्प में होता है।

–टॉमी लैसोर्डा

४ कभी किसी युवक को यह मत बताओ कि कोई काम नहीं किया जा सकता। हो सकता है कि ईश्वर उस काम को करवाने के लिए सदियों से किसी ऐसे व्यक्ति का इंतजार कर रहा हो, जो यह जानता ही न हो कि वह काम असंभव है। –जॉन एंड्रयू होम्स

५ हम बहुत सी चीजें हासिल कर सकते हैं, अगर हम उन्हें असंभव न मान लें।

–विन्स लॉम्बार्डी

६ कोई भी बड़ा काम हमेशा असंभव नजर आता है, जब तक कि उसे कर न दिया जाए। –नेल्सन मंडेला

७ अगर कोई बुजुर्ग मशहूर वैज्ञानिक कहता है कि कोई चीज संभव है, तो उसकी बात सही होना लगभग तय है, लेकिन अगर वह कहता है कि यह असंभव है, तो शायद उसकी बात गलत साबित होगी।

–आर्थर सी. क्लार्क

८ मुश्किल काम तत्काल किए जा सकते हैं; असंभव काम को करने में थोड़ा ज्यादा समय लगता है। – जॉर्ज संतायन

९ पहाड़ों से लुढक़ती चट्टानों की तरह अच्छे विचार भी तमाम बाधाओं के बावजूद अपने लक्ष्य तक पहुँच जाते हैं। उनकी गति बढाना या कम करना तो संभव है, लेकिन रोकना नामुमकिन है। –जोस मार्टी

१० निरंतर कोशिश करने वाले के लिए कुछ भी असंभव नहीं है। –सिकंदर

११ निराशा असंभव लक्ष्य तय करने की कीमत है। －ग्राहम ग्रीन

१२ मनुष्यों के लिए यह असंभव है, लेकिन ईश्वर के साथ सारी चीजें संभव हैं।
－बाइबल

१३ अपने काम को बेहतर बनाने के लिए असंभव को संभव बनाने की कोशिश करें। －बेट्टी डेविस

१४ विकास करने वालों के शब्दकोश में असंभव शब्द नहीं होता, असंभव शब्द की जगह पर चुनौती या निरंतर कोशिश लिखा होता है। －सरश्री

असफलता

१ युवावस्था में मैंने देखा कि मेरे दस में से नौ काम असफल हो जाते हैं। मैं असफल नहीं होना चाहता था, इसलिए मैंने दस गुना ज्यादा काम किए।

– जॉर्ज बरनार्ड शॉ

२ एक मिनट की सफलता बरसों की असफलता का हिसाब बराबर कर देती है। – रॉबर्ट ब्राउनिंग

३ लोग विफल नहीं, सफल होने के लिए पैदा होते हैं। –हेनरी डेविड थोरो

४ विफलता भी सफलता बन जाती है, बशर्ते हम इससे सबक सीख लें।

–मैल्कम फोर्ब्स

५ सफलता पूर्व तैयारी पर निर्भर करती है। अगर पहले से तैयारी नहीं है, तो असफलता तय है। – कनफ्यूशियस

६ असफलता और सफलता की विभाजक रेखा इतनी महीन होती है कि हम अक्सर उस रेखा पर खडे. होते हैं, लेकिन यह बात जानते ही नहीं हैं।

–अल्बर्ट हबार्ड

७ असफलताएँ तो सफलता की सीढी के पायदान हैं। –जेम्स एलन

८ सफल होने के लिए आपको पहले असफल होना पड़ेगा, ताकि आपको यह पता चल जाए कि अगली बार क्या नहीं करना है।

–एंथनी डे एंजेलो

९ असफलता सफलता की ट्यूशन फीस है। –वाल्टर ब्रूनेल

१० असफल होना कई तरह से संभव है... जबकि सफल होना केवल एक ही तरह से संभव है; निशाना चूकना आसान है, उस पर चोट करना कठिन।

–अरस्तू

११ असफलताओं से घबराए बिना सतत प्रयत्न करने वालों की गोद में सफलता खुद आकर बैठ जाती है।
   —भारवि

१२ जीवन की आधी असफलताएँ कूदते घोड़े की लगाम खींचने का परिणाम होती हैं।
   —ऑगस्टस विलियम हेयर

१३ असफलता ज्यादा समझदारी से दोबारा शुरुआत करने का अवसर है।
   —हेनरी फोर्ड

१४ सफलता स्थायी नहीं होती। यही असफलता के बारे में भी सच है।
   —डेल क्रॉसवर्ड

१५ किसी चीज का प्रयास करके असफल होने वाले इंसान उन लोगों से लाख गुना अच्छे हैं, जो कुछ नहीं करने की कोशिश करते हैं और सफल हो जाते हैं।
   —लॉयड जोन्स

१६ असफल व्यक्ति दो प्रकार के होते हैं: एक वे जिन्होंने सोचा और कभी कुछ नहीं किया, और दूसरे वे जिन्होंने किया, लेकिन कभी कुछ नहीं सोचा।
   —लॉरेंस जे. पीटर

१७ असफलता से डरना अज्ञान है, इसलिए ज्ञान प्राप्त करें कि 'असफलता के गर्भ से सफलता का जन्म होता है।' हर समस्या में एक उपहार होता है।
   —सरश्री

१८ नासमझ के लिए असफलता दुःख है, परेशानी है, समझदार के लिए असफलता आगे की तैयारी है।
   —सरश्री

अज्ञान/मूर्खता

१. ज्ञान का घमंड सबसे बडा अज्ञान है। — जेरेमी टेलर

२. हम जितना ज्यादा अध्ययन करते हैं, हमें अपने अज्ञान का उतना ही ज्यादा पता चलता है। — शेली

३. हर बहस के पीछे किसी न किसी का अज्ञान होता है।
—लुइस डी. ब्रांडीज

४. अज्ञानी लोग बंजर जमीन की तरह होते हैं। —तिरुवल्लुवर

५. अज्ञान मन की ऐसी रात है, जिसमें न चाँद है, न तारे। —कनफ्यूशियस

६. किसी अज्ञानी व्यक्ति को बहस में हराना असंभव है।
—विलियम जी. मैकाडू

७. हर व्यक्ति अज्ञानी होता है, बस विषय अलग होते हैं। —विल रॉजर्स

८. अज्ञान ईश्वर का शाप है; ज्ञान ही वह पंख है, जिससे हम स्वर्ग* की ओर उड़ते हैं। — शेक्सपियर

९. अज्ञानी होना उतना शर्मनाक नहीं है, जितना कि सीखने का अनिच्छुक होना। —बेंजामिन फ्रैंकलिन

१०. अपने अज्ञान की सीमा जानना ही सच्चा ज्ञान है। —कनफ्यूशियस

११. जीवन मुश्किल है। जब आप मूर्ख होते हैं, तो यह ज्यादा मुश्किल हो जाता है। —जॉन वेन

१२. मूर्खता का इलाज पैसे, शिक्षा या कानून से नहीं हो सकता। मूर्खता पाप नहीं है; इससे पीड़ित व्यक्ति मूर्खता किए बिना रह ही नहीं सकता। लेकिन

---

* *स्वर्ग - स्व का अर्क*

मूर्खता एकमात्र सर्वव्यापी मृत्युदंड है; इसकी सजा मृत्यु है, इसकी कोई सुनवाई नहीं है और सजा अपने आप तथा बिना किसी दया के दी जाती है।

–लैजारस लॉन्ग

१३ मूर्खता और प्रतिभा के बीच अंतर यह है कि प्रतिभा की सीमाएँ होती हैं।

–अल्बर्ट आइंस्टीन

१४ ज्ञान का सबसे बड़ा शत्रु अज्ञान नहीं, बल्कि ज्ञान का भ्रम है।

–स्टीफन हॉकिंग

१५ अज्ञान जैसा दूसरा शत्रु नहीं है। अशिक्षित इंसान का जीवन कुत्ते की पूँछ की तरह बेकार है, जो न तो उसके पिछले हिस्से को ढँकती है, न ही कीडे-मकोड़ों के काटने से उसकी रक्षा करती है। –चाणक्य

१६ कृपा की बारिश सदा आप पर हो रही है, अज्ञान का छाता हटाइए, कृपा पाइए। –सरश्री

१७ इस विश्व में कोई भी इंसान सब सीखकर पैदा नहीं होता, इसलिए प्रशिक्षण द्वारा अकलमंद होने में अकलमंदी है। –सरश्री

१८ अपने अज्ञान का ज्ञान ही सबसे पहला ज्ञान है। विश्व की सारी गलत मान्यताएँ अज्ञान की औलाद हैं। –सरश्री

आत्मविश्वास

१ आत्मविश्वास सफलता का पहला रहस्य है। –रैल्फ वाल्डो इमर्सन

२ आत्मविश्वास पिछली सफलता की स्मृति है। –अज्ञात

३ दुनिया की समस्या यह है कि मूर्खों में गजब का आत्मविश्वास होता है, जबकि बुद्धिमान शंका से भरे होते हैं। –बरट्रेंड रसेल

४ अगर आपको यकीन है कि आप कोई चीज कर सकते हैं या नहीं कर सकते, तो दोनों ही मामलों में आप सही हैं। –हेनरी फोर्ड

५ आपकी सहमति के बिना कोई भी आपको हीन महसूस नहीं करा सकता।

–एलीनोर रूजवेल्ट

६ आत्मविश्वास महान कार्यों की पहली आवश्यकता है।

–सैम्युअल जॉनसन

७ जब आप कोई छोटा सपना या छोटी सफलता हासिल कर लेते हैं, तो इससे आपको अगले पायदान पर ऊपर जाने का आत्मविश्वास मिलता है।

–जॉन जॉनसन

८ जिसे खुद पर विश्वास होता है, उस पर दूसरे भी विश्वास करने लगते हैं।

–लीब लैजारो

९ अगर आप अपनी कीमत कम आँकते हैं, तो यकीन मानें दुनिया आपकी कीमत बढाने वाली नहीं है। –अज्ञात

१० आत्मविश्वास का अर्थ है तैयारी। बाकी हर चीज आपके नियंत्रण के बाहर है। –रिचर्ड क्लाइन

११ जिसे स्वयं पर विश्वास नहीं, उसे ईश्वर में विश्वास नहीं हो सकता।

–स्वामी विवेकानंद

१२ विश्वास कोई नाजुक फूल नहीं है, जो जरा से तूफानी मौसम में कुम्हला जाए; वह तो अटल हिमालय के समान है, जिसे बड़े से बड़ा तूफान भी नहीं हिला सकता। –महात्मा गाँधी

१३ इंसान के विचार उसका आत्मविश्वास बताते हैं। सकारात्मक विचार आत्मविश्वास की जान हैं। सदा आशावादी विचार रखने वाले इंसान संतुष्टि के शिखर की तरह दिखाई देते हैं। –सरश्री

१४ आत्मविश्वास की दौलत ज्ञान और भक्ति का संगम है। आत्मविश्वास ऐसी गतिमान शक्ति है, जिसे न तो तराजू में तोलना संभव है और न ही प्रयोगशाला में इसका परीक्षण करना। आपके जीवन के निर्णय ही इसका दर्शन करवाते हैं। – सरश्री

आदत

१ जीतना एक आदत है। दुर्भाग्य से हारना भी एक आदत है। –विन्स लॉम्बार्डी

२ हर घटना के अच्छे पहलू को देखने की आदत हजार पौंड से भी ज्यादा मूल्यवान है। –सेम्युअल जॉनसन

३ प्रलोभन के प्रतिरोध से ही अच्छी आदतें पड़ती हैं। – भारतीय कहावत

४ एक काम का बीज बोएँगे, तो आप आदत की फसल काटेंगे। एक आदत का बीज बोएँगे, तो चरित्र की फसल काटेंगे। और चरित्र का बीज बोएँगे, तो तकदीर की फसल काटेंगे। –जी.डी. बोर्डमैन

५ जो भी व्यक्ति आज तक सफल हुआ है, उसकी सफलता का रहस्य यह है कि उसने ऐसे काम करने की आदत डाल ली थी, जिन्हें असफल लोग नहीं करना चाहते। –ए. जैक्सन किंग

६ प्रेरणा वह है, जो काम शुरू करवाती है। आदत वह है, जो काम जारी रखवाती है। –जिम रॉन

७ लोगों के स्वभाव एक से होते हैं; वह तो उनकी आदतें हैं, जो एक–दूसरे से अलग होती हैं। –कनफ्यूशियस

८ आदत तर्क से ज्यादा ताकतवर होती है। –जॉर्ज संतायन

९ एक कील दूसरी कील से निकाली जाती है; एक आदत को दूसरी आदत से बदला जाता है। –लेटिन सूक्ति

१० आदत एक रस्सी है; हम हर दिन एक धागा बुनते हैं और एक वक्त ऐसा आता है, जब हम उसे तोड़ नहीं सकते। –होरेस मान

११ आदत के बंधन आम तौर पर इतने छोटे होते हैं कि महसूस नहीं होते, जब तक कि वे इतने ताकतवर नहीं बन जाते कि टूट नहीं सकते।

–सेम्युअल जॉनसन

१२ विचार उद्देश्य की ओर ले जाते हैं, उद्देश्य कार्य की ओर, कार्यों से आदत बनती है, आदतों से चरित्र तय होता है और चरित्र से हमारा भाग्य निर्धारित होता है।   -ट्रायोन एड्वर्ड्स

१३ रो-धोकर काम करने की पुरानी आदत तोड़कर हँसते-हँसते काम करने की नई आदत डालें। जो कर, हँसकर कर।   -सरश्री

१४ किसी भी मुकाम पर, कितने भी बड़े शिखर पर आप पहुँच जाएँ, फिर भी सीखना बंद न करें, क्योंकि यही आदत अन्य नई संभावनाएँ खोलेगी।

                  -सरश्री

आलस

१. आलसी आदमी चैन की नींद सोता है और भूखा रहता है। —कहावत

२. आलस लुभावना होता है, लेकिन संतुष्टि तो काम से ही मिलती है।
— एन. फ्रैंक

३. कोई भी महिला बदसूरत नहीं होती, सिर्फ आलसी होती है।
—हेलेना रुबिनस्टीन

४. ईश्वर हर पक्षी को भोजन देता है, लेकिन उसके घोंसले में नहीं डालता है।
— जे.जी. हॉलैंड

५. थोडा सा ज्ञान जो काम करता है, वह आलसी ज्ञान से बहुत ज्यादा मूल्यवान होता है। — खलील जिब्रान

६. लोगों में शक्ति की नहीं, इच्छाशक्ति की कमी होती है। — विक्टर ह्यूगो

७. कुछ प्रलोभन* मेहनती लोगों के सामने भी आते हैं, लेकिन आलसी लोगों पर तो सभी तरह के प्रलोभन हमला कर देते हैं। —स्परजन

८. मेहनत से दौलत बढ़ती है, आलस से गरीबी। —तिरुवल्लुवर

९. निठल्ला इंसान सही तरीके से नहीं सोच सकता। आलस दिमाग को खोखला कर देता है। —हेनरी फोर्ड

१०. बिस्तर पर मत लेटे रहो, जब तक कि आप लेटे-लेटे पैसे न कमा सकते हों। —जॉर्ज बर्न्स

११. कुछ भी कठिन नहीं है; हम ही आलसी हो जाते हैं। —बेंजामिन हेडन

---

* *लालच*

१२ आलस मीठा होता है, लेकिन इसके परिणाम बेरहम होते हैं।

–जॉन क्विन्सी एडम्स

१३ आलस वह मृत सागर है, जो सभी सद्गुणों को निगल लेता है।

–बेंजामिन फ्रैंकलिन

१४ काल करे सो आज करे, आज करे सो अब, पल में प्रलय होएगी, बहुरी करोगे कब। – कबीर

१५ लक्ष्मी मेहनती इंसान पर कृपा करती है और आलसी से नफरत, जो पूरी तरह किस्मत के भरोसे बैठा रहता है। – पंचतंत्र

१६ आलस्य मनुष्यों के शरीर में बैठा हुआ बडा भारी शत्रु है और उद्यम* उनका हितसाधन करने वाला असामान्य बंधु है। – भर्तृहरि

१७ आज का दिन यदि आप घूमकर, लेटकर या गलत आदतों में खो रहे हैं तो आप न सिर्फ एक सुनहरा मौका खो रहे हैं, बल्कि अपना जीवन बरबाद कर रहे हैं, क्योंकि कल भी आप यही करेंगे। – सरश्री

१८ हर कलाकार की सफलता का रहस्य है 'अभ्यास' तो असफलता का रहस्य है 'आलस्य'। – सरश्री

१९ थकने से पहले थोड़ा आराम करें, सुस्ती जगने से पहले काम शुरू करें।

– सरश्री

---

* *मेहनत*

 # आलोचना

१. आलोचना से बचने के लिए कुछ मत करो, कुछ मत कहो, कुछ मत बनो।
   —अल्बर्ट हबार्ड

२. कई बार मौन ही सबसे गंभीर आलोचना होता है। —चार्ल्स बक्स्टन

३. आलोचक क्या कहते हैं, उस ओर ध्यान मत दो। आज तक किसी आलोचक के सम्मान में कभी कोई मूर्ति खड़ी नहीं की गई। —जीन साइबेलियस

४. जो लोग कोशिश करने के बाद असफल होते हैं, उनकी आलोचना मत करो। आलोचना तो उनकी करो, जो कोशिश ही नहीं करते। —अज्ञात

५. जानवर बहुत अच्छे मित्र होते हैं - वे न तो सवाल पूछते हैं, न ही आलोचना करते हैं। —जॉर्ज इलियट

६. बगैर बुरा माने आलोचना सहन करने की क्षमता महानता का अंतिम प्रमाण है। —अल्बर्ट हबार्ड

७. बच्चों को आलोचकों से ज्यादा जरूरत अनुकरणीय लोगों की होती है।
   —फ्रांसीसी सूक्ति

८. अगर हममें कोई कमी न हो, तो दूसरों की कमियाँ खोजने में हमें इतना आनंद नहीं आएगा। —ला रोशफू को

९. दूसरों की आलोचना मत करो; अगर हम उन परिस्थितियों में होते, तो हम भी वैसे ही होते। —अब्राहम लिंकन

१०. कोई भी मूर्ख बुराई कर सकता है, निंदा कर सकता है, शिकायत कर सकता है और ज्यादातर मूर्ख यही करते हैं। —बेंजामिन फ्रैंकलिन

११. आलोचक वह होता है, जो रास्ता तो जानता है, लेकिन कार नहीं चला सकता। —केनेथ टाइनैन

१२ जब लोग आपसे आलोचना का आग्रह करते हैं, तो वे दरअसल सिर्फ प्रशंसा सुनना चाहते हैं। -सॉमरसेट मॉम

१३ अपने आँगन में कुटी बनाकर निंदक को अपने करीब रखें, क्योंकि वह बगैर साबुन-पानी के आपका चरित्र साफ कर देता है। -कबीर

१४ अपने जीवनसाथी के दोषों की आलोचना कभी न करें। अगर उसमें दोष नहीं होते, तो उसे आपसे बेहतर जीवनसाथी मिल जाता। -जे ट्रैकमैन

१५ हममें से ज्यादातर लोगों के साथ दिक्कत यह है कि हम आलोचना सहकर बेहतर बनने के बजाय प्रशंसा सुनकर बर्बाद होना पसंद करते हैं।
-नॉर्मन विन्सेंट पील

१६ केवल मनुष्य ही रोता हुआ पैदा होता है, शिकायतें करते हुए जीता है और निराश होकर मरता है। -वाल्टर टेंपल

१७ जब तक आपको अपनी आलोचना बुरी और दूसरे की निंदा अच्छी लगती है, तब तक आप प्रशंसा के योग्य नहीं हैं। -सरश्री

१८ जिस चीज पर आप ध्यान देते हैं, वह आपमें आने लगती है, इसलिए आलोचना छोड़ सदा दूसरों में गुण देखें। -सरश्री

आशा

१ आशा वह शब्द है, जो ईश्वर ने हर इंसान के ललाट पर लिख दिया है।

–विक्टर ह्यूगो

२ निराशा के अँधेरे पहाड़ के बीच आशा की सुरंग बनाओ।

–मार्टिन लूथर किंग, जूनियर

३ जो उम्मीद पर जीता है, वह भूखा मरेगा। –बेंजामिन फ्रैंकलिन

४ जो कभी आशा नहीं करता, वह कभी निराश नहीं हो सकता।

–जॉर्ज बरनार्ड शॉ

५ जब तक साँस है, तब तक आस है। –टेरेंस

६ आशा वह पंछी है, जो प्रकाश को महसूस करके भोर से पहले ही गाने लगता है, जब बाहर अँधेरा होता है। –रवीन्द्रनाथ टैगोर

७ आशा हर दुःख का इलाज है। –आइरिश कहावत

८ जिसके पास स्वास्थ्य है, उसके पास आशा है। और जिसके पास आशा है, उसके पास सब कुछ है। –अरबी कहावत

९ जब आप एक बार आशा को चुन लेते हैं, तो कुछ भी संभव है।

–क्रिस्टोफर रीव

१० आशा कभी आपका साथ नहीं छोड़ती, आप ही इसका दामन छोड़ देते हैं।
–जॉर्ज वीनबर्ग

११ जब संसार कहता है, 'हार मान लो,' तब आशा फुसफुसाती है, 'एक बार और कोशिश करो।' – अज्ञात

१२ हर लीडर आशा का व्यापारी होता है। – नेपोलियन

१३ आशा इकलौती मधुमक्खी है, जो फूलों के बिना मधु बनाती है।

—रॉबर्ट इंगरसोल

१४ आपको मानवता में आस्था नहीं खोनी चाहिए। मानवता एक महासागर है। समुद्र की कुछ बूँदें गंदी होने से समुद्र गंदा नहीं बन जाता।   —महात्मा गाँधी

१५ सबसे अच्छे की आशा करें, लेकिन सबसे बुरे के लिए तैयार रहें।

—अँग्रेजी सूक्ति

१६ मनुष्य भोजन के बिना चालीस दिन जी सकता है, पानी के बिना तीन दिन, हवा के बिना आठ मिनट, लेकिन आशा के बिना सिर्फ एक सेकंड ही जी सकता है।   —अज्ञात

१७ जीवन का आशावादी नियम - जब एक दरवाजा बंद हो जाता है, तब दस नए दरवाजे खुल जाते हैं। हमें बंद दरवाजे पर नहीं, खुले दरवाजों पर नजर रखनी चाहिए।   —सरश्री

१८ जीवन की असंख्य चिंताओं का संतुलन बनाए रखने के लिए ईश्वर ने इंसान को चिंता की रात में नींद का चाँद दिया और 'आशा' की किरण दी है, इसलिए आशावादी बनें और चिंता मुक्त नींद लें।   —सरश्री

इंसान

१ एक मशीन पचास साधारण आदमियों का काम कर सकती है, लेकिन दुनिया की कोई भी मशीन एक असाधारण आदमी का काम नहीं कर सकती।

–अल्बर्ट हबार्ड

२ मनुष्य अब भी सबसे असाधारण कंप्यूटर है। –जॉन एफ. केनेडी

३ कोई आपकी पीठ पर तब तक सवार नहीं हो सकता, जब तक कि यह झुकी न हो। –मार्टिन लूथर किंग, जूनियर

४ इंसानों को प्रकृति ने असमान बनाया है। इसलिए उनके साथ ऐसा व्यवहार करना बेकार है, जैसे वे समान हों। –जेम्स फ्राउड

५ मनुष्य स्वतंत्र पैदा होता है, लेकिन हर जगह जंजीर में जकड़ा हुआ है।

–ज्याँ-जैक्स रूसो

६ मनुष्य जिस समय पशु-तुल्य आचरण करता है, उस समय वह पशुओं से भी नीचे गिर जाता है। –रवीन्द्रनाथ टैगोर

७ केवल मनुष्य ही ऐसा जानवर है, जो लज्जित होता है या जिसे वैसा होने की जरूरत है। –मार्क ट्वेन

८ लोग अपनी जलवायु बदल सकते हैं, अपना स्वभाव नहीं। –रिचर्ड स्टील

९ मानव मानवता से छोटा है। –थियोडोर पार्कर

१० जो भी एकांत में सुख पाता है, वह या तो जंगली जानवर है या भगवान।

–फ्रांसिस बेकन

११ ज्यादा अक्लमंदी इसमें है कि हम उस खुदा की बातें कम करें, जिसे हम समझ

नहीं सकते और इंसानों की बातें* ज्यादा करें, जिन्हें हम समझ सकते हैं।

–खलील जिब्रान

१२ संसार मनुष्य के बिना प्रारंभ हुआ था और इसका अंत भी मनुष्य के बिना ही होगा। –क्लॉड लेवी-स्ट्रॉस

१३ मनुष्य का सबसे बड़ा पैमाना यह नहीं है कि वह आराम और सुविधा के पलों में कहाँ खड़ा रहता है, बल्कि यह है कि वह चुनौती और विवाद के समय में कहाँ खड़ा रहता है। –मार्टिन लूथर किंग, जूनियर

१४ जो मनुष्य साहित्य, संगीत और कला से हीन है, वह बिना पूँछ और सींग का पशु है। घास खाए बिना उसका जीवित रहना पशुओं का सौभाग्य है, क्योंकि यदि उसका जीवन भी घास पर निर्भर होता, तो पशुओं को पेट भरने में बहुत कठिनाई हो जाती। –भर्तृहरि

१५ इंसान इंसान को धोखा दे सकता है, लेकिन दुनिया का कोई इंसान कुदरत को धोखा नहीं दे सकता। –सरश्री

१६ केवल इंसान को ईश्वर की जरूरत नहीं है, ईश्वर को भी अपनी अभिव्यक्ति के लिए इंसान की जरूरत है। –सरश्री

---

* *मदद*

इच्छा

१ जहाँ इच्छा प्रबल होती है, वहाँ कठिनाइयाँ प्रबल नहीं हो सकतीं।

– निकोलो मैकियावली

२ यदि आपमें तैयारी करने की इच्छा नहीं है, तो जीतने की इच्छा का कोई मूल्य नहीं है। – लुई पास्चर

३ सफल व्यक्ति और बाकी लोगों में फर्क शक्ति की कमी का नहीं होता, ज्ञान की कमी का भी नहीं होता। फर्क तो इच्छा की कमी का होता है।

– विन्सेंट टी. लॉम्बार्डी

४ अनिच्छुक व्यक्ति के लिए कोई काम आसान नहीं होता। – थॉमस फुलर

५ ईश्वर ने आपको वह काम करने की प्रबल इच्छा दी ही नहीं है, जिसकी आपमें योग्यता नहीं है। –ओरिसन स्वेट मार्डन

६ इच्छा सफलता का शुरुआती बिंदु है। लेकिन यह कभी न भूलें कि जिस तरह छोटी आग से कम आँच मिलती है, उसी तरह कमजोर इच्छा से कमजोर परिणाम मिलते हैं। – नेपोलियन हिल

७ जीत की इच्छा जीतने की पहली शर्त है। – फर्डिनन्ड फोक

८ इच्छा ही सब दुःखों का मूल है। – बुद्ध

९ अपनी रूखी-सूखी रोटी खाकर संतुष्ट रहो, पराई चुपड़ी रोटी देखकर जी मत ललचाओ। – कबीर

१० इच्छा घोड़ा बन जाती, तो हर मनुष्य घुडस़वार हो जाता। – सूक्ति

११ प्रबल इच्छा का अर्थ है एक लक्ष्य बनाना, फिर उस लक्ष्य तक पहुँचने की कार्य-योजना बनाना और इसके बाद उस काम में तब तक जुटे रहना, जब तक कि लक्ष्य हासिल न हो जाए। सबसे महत्त्वपूर्ण तत्व है काम में जुटे रहना।

–माइकल हैन्सन

१२ दूसरों के प्रति सद्इच्छा वह सबसे शक्तिशाली चुंबक है, जो दूसरों की सद्भावना को अपनी ओर खींचती है। –लॉर्ड चेस्टरफील्ड

१३ बूढे. आदमी के बाल सफेद हो जाते हैं, दाँत टूट जाते हैं, आँख–कान ठीक से काम करना बंद कर देते हैं, लेकिन उसकी इच्छाएँ हमेशा युवा बनी रहती हैं। – विष्णु शर्मा

१४ किसी से कुछ करवाने का एक ही तरीका है और वह है सामने वाले में वह काम करने की इच्छा जगाना। –डेल कारनेगी

१५ मनुष्य का भला या बुरा उसकी अपनी इच्छा में ही निहित होता है।

–एपिक्टेटस

१६ वह मत खरीदो जो तुम्हारी इच्छा है, बल्कि वह खरीदो जिसकी तुम्हें जरूरत है। जिस चीज की जरूरत नहीं है, वह तो एक कौड़ी में भी महँगी है। –केटो

१७ इच्छा कभी स्वतंत्र नहीं होती – यह हमेशा किसी न किसी उद्देश्य या लक्ष्य से जुड़ी होती है। यह कार की ड्राइवर नहीं, इंजन है। –जॉयस कैरी

१८ दुश्मनों को जीतने वाले के बजाय मैं उसे ज्यादा बहादुर मानता हूँ, जिसने अपनी इच्छाओं को जीत लिया है। –अरस्तू

१९ जिनकी इच्छाशक्ति दृढ. होती है, वे सांसारिक दौलत के नुकसान की कभी शिकायत नहीं करते। – तिरुवल्लुवर

२० ज्यादातर लोग योग्यता या बुद्धि से नहीं, बल्कि इच्छाशक्ति की कमी से असफल होते हैं। –फ्लॉवर न्यूहाउस

२१ मोह है तो इच्छाएँ साँप हैं, मोह नहीं है तो इच्छाएँ प्रार्थना हैं, इच्छाएँ नहीं हैं तो क्रोध, नफरत, घृणा, ईर्ष्या और दु:ख की संभावनाएँ कम हो जाती हैं।

–सरश्री

२२ इच्छाओं का होना दु:ख का कारण नहीं है, बल्कि इच्छाओं की आदत पड़ जाना दु:ख है। –सरश्री

इरादा

१ मनुष्य और प्रकृति दोनों के ही कार्यों में जिस मुख्य चीज का अध्ययन किया जाना चाहिए, वह है इरादा। –गेटे

२ मनुष्य का महत्व इससे पता नहीं चलता कि वह क्या हासिल करता है, बल्कि इससे चलता है कि वह क्या हासिल करने की हसरत रखता है।

–खलील जिब्रान

३ यदि हमें अपनी मनचाही चीज नहीं मिल सकती, तो उसे ही पाने का इरादा कर लें, जो हमें मिल सकता है। –स्पेनिश सूक्ति

४ हम सभी अपना मूल्यांकन अपने इरादों से करते हैं, दूसरों का उनके कामों से। –हैरॉल्ड निकलसन

५ जीवन में मनचाही चीजें पाने का पहला कदम है : यह तय कर लें कि आप चाहते क्या हैं। –बेन स्टीन

६ हमारे इरादे से ही हमारी वास्तविकता बनती है। –वेन डायर

७ जब आप कहते हैं कि आप सिद्धांतत: किसी चीज से सहमत हैं, तो इसका मतलब है कि आपका उस पर अमल करने का जरा भी इरादा नहीं है।

–बिस्मार्क

८ मुझसे गलती तो होती है, लेकिन मेरे इरादे हमेशा नेक होते हैं। –स्टैंड वैटी

९ जीवन में महत्त्वपूर्ण सिर्फ इरादा होता है। –एंड्रिया बोसेली

१० याद रखें, लोग आपको केवल इरादों से नहीं, बल्कि आपके कामों से आपका मूल्यांकन करेंगे। हो सकता है कि आपके पास सोने जैसा दिल हो – लेकिन वह तो उबले हुए अंडे का भी होता है। –अज्ञात

११ यदि पहाड़ों को हिलाने का इरादा है, तो पहले पत्थरों को हिलाने का अभ्यास करो।
 —सरश्री

१२ उत्साह से भरकर, खुशी से खुलकर, स्वीकार के साहस से सराबोर जीवन जीने का इरादा रखें। अपने जीवन में जिंदादिली के विचार सदा जिंदा रखें।
 —सरश्री

ईश्वर

१. ईश्वर यह नहीं देखता कि हम कितना काम करते हैं, बल्कि यह देखता है कि हम उसे कितने प्रेम से करते हैं। —मदर टेरेसा

२. ईश्वर प्राय: हमारे पास आता है, लेकिन ज्यादातर समय हम घर पर नहीं होते। —फ्रांसीसी सूक्ति

३. ईश्वर भी उन्हीं लोगों की मदद करता है, जो स्वयं की मदद करते हैं।
—बेंजामिन फ्रैंकलिन

४. मनुष्य अन्यायी है और ईश्वर न्यायपूर्ण; लेकिन अंतत: न्याय की ही जीत होती है। —लॉन्गफेलो

५. ईश्वर जब एक दरवाजा बंद करता है, तो दूसरा खोल देता है। —कहावत

६. ईश्वर की कोई भी चीज पैसे से हासिल नहीं की जा सकती। —टरटूलियन

७. अगर कोई आदमी सही है और ईश्वर के साथ है, तो अकेला होने के बावजूद वह बहुमत में होगा। —एच.डब्ल्यू. बीचर

८. हम सभी ईश्वर के हाथ की पेंसिलें हैं। —मदर टेरेसा

९. कोई भी मनुष्य दो मालिकों की सेवा नहीं कर सकता... आप ईश्वर और दौलत की सेवा एक साथ नहीं कर सकते। —बाइबल

१०. कोई भी मूर्ख एक सेब के अंदर के बीज गिन सकता है। सिर्फ ईश्वर ही एक बीज में मौजूद सभी सेबों को गिन सकता है। —रॉबर्ट शुलर

११. शायद नास्तिक ईश्वर को उसी कारण से नहीं खोज पाता, जिस कारण से चोर पुलिस वाले को नहीं खोज पाता। —अज्ञात

१२. लोग ईश्वर को हर दिन देखते हैं, वे बस उसे पहचान नहीं पाते। —पर्ल बेली

१३ प्रार्थना वह है जब आप ईश्वर से अपनी बात बोलते हैं; साधना वह है जब आप ईश्वर की बात सुनते हैं। –डायना रॉबिन्सन

१४ जिस तरह मछली को जल, लोभी को धन और माता को अपना बच्चा प्यारा होता है, उसी तरह राम को भक्त प्यारा होता है। –कबीर

१५ ईश्वर को सारे मार्गों से प्राप्त किया जा सकता है। सभी धर्म सच्चे हैं। महत्त्वपूर्ण बात छत पर पहुँचना है। आप पत्थर की सीढिय़ों से वहाँ पहुँच सकते हैं या लकडी की सीढ़ियों से या बाँस की सीढिय़ों से या रस्सी से। आप बाँस के सहारे भी ऊपर चढ़ सकते हैं। –रामकृष्ण

१६ अगर ईश्वर हमारे साथ है, तो हमारे खिलाफ कौन टिक सकता है? –बाइबल

१७ यदि ईश्वर मनुष्यों की सारी प्रार्थनाएँ पूरी कर दे, तो सारे लोग जल्द ही मर जाएँगे, क्योंकि वे हमेशा एक-दूसरे के बुरे की ही प्रार्थना करते रहते हैं। –एपिक्यूरस

१८ दु:ख में सब ईश्वर को याद करते हैं, सुख में कोई नहीं करता। यदि मनुष्य सुख में भी ईश्वर को याद रखे, तो दु:ख क्यों हो? –कबीर

१९ हमारी प्रार्थनाएँ तो सामान्य कृपा के लिए होनी चाहिए, क्योंकि ईश्वर बहुत अच्छी तरह जानता है कि हमारे लिए क्या अच्छा है। –सुकरात

२० ईश्वर के सामने हर दिन सुबह अपनी सफलताएँ... अपने दु:ख एक साथ रख दें। फिर जब कभी दु:ख आए, तब समझें कि ईश्वर ने आपको एक दु:ख वापस लौटाया है, अब आप उस दु:ख को ईश्वर का प्रसाद समझकर ग्रहण करें। –सरश्री

२१ हमारे अंदर ईश्वर है या ईश्वर बाहर कहीं आसमान में है? हमारे अंदर ईश्वर नहीं है, बल्कि हम ईश्वर के अंदर हैं, वैसे ही जैसे मछली समुंदर के अंदर है। ईश्वर अंदर-बाहर के बाहर है। –सरश्री

२२ ईश्वर की खोज मत करो। ईश्वर ही है, तुम हो कि नहीं यह पक्का करो, पता करो। –सरश्री

उत्कृष्टता

१ अगर किसी को सडक़ की सफाई का काम दिया जाए, तो उसे उसी तरह सडक़ें झाड़नी चाहिए, जिस तरह माइकल एंजेलो तस्वीरें बनाते थे, बीथोवन संगीत रचते थे या शेक्सपियर कविता लिखते थे। –मार्टिन लूथर किंग

२ हर काम को करने का सबसे अच्छा तरीका हमेशा होता है, भले ही यह अंडा उबालने जैसा छोटा काम ही क्यों न हो। –रैल्फ वाल्डो इमर्सन

३ उत्कृष्टता का अर्थ है किसी साधारण चीज को असाधारण तरीके से करना।

–बुकर टी. वॉशिंगटन

४ जो भी चीज करने लायक है, वह अच्छी तरह करने लायक है।

–लॉर्ड चेस्टरफील्ड

५ अगर लोगों को पता होता कि मैं विशेषज्ञता हासिल करने के लिए कितनी कड़ी मेहनत करता हूँ, तो उन्हें इतनी हैरानी नहीं होती। –माइकल एन्जेलो

६ ईश्वर बड़ी सेनाओं के साथ नहीं है; वह तो सर्वश्रेष्ठ निशानेबाजों के साथ है। –वॉल्टेयर

७ उत्कृष्टता कोई मंजिल नहीं है; यह तो कभी न खत्म होने वाली सतत यात्रा है। – ब्रायन ट्रेसी

८ विजेता वह शेफ (रसोइया) होता है, जो बाकी लोगों द्वारा प्रयुक्त साधनों का इस्तेमाल करने के बावजूद सर्वश्रेष्ठ परिणाम देता है। –एडवर्ड डे बोनो

९ सृजन करते समय ऐसा सोचें कि हम युगों–युगों के लिए बना रहे हैं।

–जॉन रस्किन

१० दुनिया में सिर्फ दो गुण होते हैं : कार्यकुशलता और फूहड़पन, और सिर्फ दो तरह के लोग होते हैं : कार्यकुशल और फूहड़। – जॉर्ज बरनार्ड शॉ

११ उत्कृष्टता का अर्थ है खुद से इतनी ज्यादा उम्मीद रखना, जितनी दूसरे न रखते हों। –जोस ऑर्टेगा गैसेट

१२ हम वही बन जाते हैं, जो हम बार-बार करते हैं। इस तरह उत्कृष्टता कोई कार्य नहीं, बल्कि आदत है। –अरस्तू

१३ हर दिन एक अनुपम कृति बनाएँ। अपने काम पर हमेशा उत्कृष्टता का ऑटोग्राफ दें। –ग्रेग हिकमैन

१४ जीनियस! सैंतीस साल से मैं हर दिन चौदह घंटे अभ्यास कर रहा हूँ और अब जाकर वे मुझे जीनियस कह रहे हैं! –पाब्लो सरास्ते

१५ उत्कृष्टता कोई योग्यता नहीं है। यह तो एक नजरिया है। –रैल्फ मार्स्टन

१६ आम आदमी काम को जैसे-तैसे निबटाता है, हीरो सचमुच काम करता है। बहुत बड़ा फर्क है! –हेनरी मिलर

१७ मैं जो भी हूँ, या जो भी कर रहा हूँ, किसी न किसी तरह की उत्कृष्टता मेरी पहुँच के भीतर है। –जॉन डब्ल्यू. गार्डनर

१८ किसी भी क्षेत्र में उत्कृष्टता सिर्फ जीवन भर की मेहनत करके ही पाई जा सकती है; इससे कम कीमत में इसे कतई नहीं खरीदा जा सकता।

–सेम्युअल जॉनसन

१९ विचारों को दिशा देना ठीक है, विचारों को साक्षी बनकर देखना अच्छा है, विचारों को स्वदर्शन करने के लिए आईना बनाना उत्तम है। –सरश्री

२० जो आप आज और अभी कर रहे हैं, उसे सर्वश्रेष्ठ करें। जो आपने कल किया, उससे सीखकर भूल जाएँ। जो आप कल करेंगे वह बेहतरीन होगा यह विश्वास रखें। –सरश्री

उत्साह

१ उत्साह प्रयास का जनक है और इसके बिना कोई महान काम कभी नहीं हुआ। –रैल्फ वाल्डो इमर्सन

२ अगर आपमें जोश है, तो आप कुछ भी कर सकते हैं... जोश ही सारी प्रगति की बुनियाद है। यह है तो उपलब्धि है। यह नहीं है, तो सिर्फ बहाने हैं। –हेनरी फोर्ड

३ हर व्यक्ति किसी न किसी समय उत्साहित होता है। कोई तीस मिनट के लिए होता है, तो कोई तीस दिन के लिए; किंतु जीवन में सफल वही होता है, जो तीस साल तक उत्साहित रहता है। –एडवर्ड बी. बटलर

४ ज्ञान शक्ति है और उत्साह उसका स्विच। –स्टीव ड्रोक

५ विश्व इतिहास का प्रत्येक महान और महत्त्वपूर्ण आंदोलन उत्साह के कारण ही सफल हो पाया है। –इमर्सन

६ जोश नहीं, तो ऊर्जा नहीं है; और यदि ऊर्जा नहीं है, तो आपके पास कुछ भी नहीं है। –डोनाल्ड ट्रम्प

७ अति उत्साहित होने की वजह से अगर आप बिक्री का एक अवसर चूकते हैं, तो उत्साह की कमी के कारण सौ अवसर चूकेंगे। –जिग जिग्लर

८ कोई मनुष्य हर उस चीज में सफल हो सकता है, जिसके लिए उसमें असीम उत्साह हो। –चार्ल्स एम. श्वाब

९ यदि आप लीडर हैं, तो जोशीले बनें। आप गीली माचिस से आग नहीं जला सकते। –अज्ञात

१० ज्ञान के अभाव में जोश प्रकाशरहित अग्नि के समान है। –थॉमस फुलर

११ अच्छे इंसान को भी अपने काम उतने ही जोश से करने चाहिए, जितने जोश से बुरे लोग बुरे काम करते हैं। –शेलॉम रोकीच

१२ विचारों के क्षेत्र में हर चीज उत्साह पर निर्भर करती है... वास्तविक दुनिया में सब कुछ लगन पर निर्भर करता है। –गेटे

१३ मनुष्य इसलिए असफल नहीं होते, क्योंकि वे मूर्ख होते हैं, बल्कि इसलिए होते हैं, क्योंकि उनमें पर्याप्त जोश नहीं होता। –स्ट्रदर बर्ट

१४ जब कोई मनुष्य इच्छुक और उत्साही होता है, तो देवता भी उसका साथ देने आ जाते हैं। –एस्कीलस

१५ सफल इंसान हर घटना का एक अच्छा पहलू खोज निकालता है, जिससे उसका उत्साह कभी समाप्त नहीं होता। उसके लिए हर साँप सीढी बन जाता है, हर समस्या चुनौती बन जाती है। –सरश्री

१६ बच्चे से उत्साह, बूढे. से धीरज और गुरु से कुछ नहीं सीखें। वह कुछ नहीं, जो कुछ नहीं, नहीं है। –सरश्री

उद्‌देश्य

१ सफलता का रहस्य है उद्‌देश्य के प्रति लगन। -बेंजामिन डिजराइली

२ महान मनुष्यों के पास उद्‌देश्य होते हैं; बाकी लोगों के पास इच्छाएँ होती हैं। -वॉशिंगटन इरविंग

३ उद्‌देश्य और दिशा के बिना कोशिशों और साहस से ज्यादा कुछ नहीं होगा।

-जॉन एफ. केनेडी

४ जब लक्ष्य चले जाते हैं, तो अर्थ चला जाता है। जब अर्थ चला जाता है, तो उद्‌देश्य चला जाता है। और जब उद्‌देश्य चला जाता है, तो जिंदगी बेजान हो जाती है। -कार्ल युंग

५ इससे कोई फर्क नहीं पडत़ा कि आप कहाँ से आ रहे हैं; सारा फर्क तो इस बात से पड़ता है कि आप जा कहाँ रहे हैं। - ब्रायन ट्रेसी

६ ईश्वर ने मनुष्य को उद्देश्यों का पीछा करने के लिए बनाया है और वह उनके बिना उसी तरह नहीं चल सकता, जिस तरह नाव ईंधन के बिना या गुब्बारा गैस के बिना। -हेनरी वार्ड बीचर

७ संतुष्टि ध्येय की प्राप्ति में नहीं है, वरन उसे पाने हेतु निरंतर प्रयास करने में है। पूर्ण प्रयास का अर्थ है पूर्ण विजय। -गाँधी

८ अगर आप यह नहीं जानते कि आप कहाँ जा रहे हैं, तो शायद अंत में आप कहीं और पहुँच जाएँगे। -लॉरेंस जे. पीटर

९ लक्ष्य ऐसे सपने हैं, जिनके साथ डेडलाइन्स जुड़ी होती हैं।

-डायना स्कार्फ हंट

१० मनुष्य के लिए यह विचार सबसे कष्टदायक होता है कि वह जिंदगी में क्या कर बैठा, जबकि वह कितना कुछ कर सकता था। -सेम्युअल जॉनसन

११ हम महान चीजें नहीं कर सकते और छोटी चीजें करना नहीं चाहते, इस चक्कर में खतरा यह है कि हम कुछ भी नहीं कर पाएँगे। –एडॉल्फ मोनोड

१२ उद्‌देश्य अच्छा रहने पर दृढ़ता के नाम से और बुरा रहने पर हठधर्मिता के नाम से जाना जाता है। –लॉरेंस स्टर्न

१३ ज्यादातर लोग योग्यता की नहीं, उद्‌देश्य की कमी के कारण नाकाम होते हैं। –बिली संडे

१४ इतिहास का हर बड़ा नरसंहार किसी परोपकारी उद्‌देश्य के नाम पर किया गया था। –आयन रैंड

१५ अगर मैं हर युवक तक सिर्फ एक ही बात पहुँचा सकूँ, तो वह यह होगी: खुद को सबसे अच्छा बनाओ - बर्बाद जीवन जितनी दुःखद चीज दूसरी नहीं है, जिसमें जीवन अपने सच्चे उद्‌देश्य तक न पहुँच पाए और झूठे उद्‌देश्य में बदल जाए। –टी.टी. मंगर

१६ हमें स्वयं को एक लक्ष्य देना है, न कि इस बात का इंतजार करना है कि कोई आकर हमें हमारा लक्ष्य बताए। जिस दिन हम यह कर पाए वह दिन हमारे जिंदगी का सुनहरा दिन होगा। –सरश्री

१७ जितना बड़ा पैर होता है, उतना बड़ा जूता चाहिए। जितना बड़ा लक्ष्य होता है, शरीर, मन, बुद्धि की तैयारी उतनी ज्यादा होनी चाहिए।

–सरश्री

उपलब्धि/ सफलता

१ उच्च उपलब्धि हमेशा उच्च अपेक्षा की बुनियाद पर खड़ी होती है।

–जैक किंडर

२ मनुष्य उपलब्धियाँ हासिल कर सकता है या जानवर बन सकता है, जैसा वह चाहे। ईश्वर प्राणियों को बनाता है; इंसान ही खुद को इंसान बनाता है।

–जॉर्ज सी. लिक्टनबर्ग

३ उपलब्धि हासिल करने वाला आम तौर पर एक विचार वाला व्यक्ति होता है, जो उस विचार पर पूरी तरह एकाग्र होता है और बाकी मनुष्यों व विचारों के प्रति निर्मम*। –कोरिन रूजवेल्ट रॉबिन्सन

४ उपलब्धि और सफलता का फर्क मुझे मेरी माँ ने समझाया। उन्होंने कहा कि उपलब्धि यह जानना है कि आपने अध्ययन किया, कड़ी मेहनत की और अपनी तरफ से सबसे अच्छा काम किया। सफलता का मतलब है दूसरों की तारीफ पाना। यह भी अच्छी बात है, लेकिन उपलब्धि जितनी महत्त्वपूर्ण या संतुष्टिदायक नहीं है। इसलिए सफलता को भूल जाएँ और हमेशा उपलब्धि का ही लक्ष्य बनाएँ। –हेलन हेज

५ असफलताएँ उपलब्धि की राह पर मील के पत्थर हैं। –चार्ल्स एफ. केटरिंग

६ हम क्या हैं, यह ईश्वर का दिया उपहार है। हम क्या बनते हैं, यह ईश्वर को हमारे द्वारा दिया गया उपहार है। –एलीनोर पॉवेल

७ सफलता कर्म से जुड़ी होती है। सफल लोग निरंतर आगे बढ़ते रहते हैं। वे गलतियाँ तो करते हैं, लेकिन कभी कर्म करना नहीं छोड़ते। –कॉनरेड हिल्टन

८ सफलता का अर्थ धन और शक्ति नहीं है। सच्ची सफलता का अर्थ है संबंध।

---

* *निष्ठुर*

एक साल में ५ करोड़ डॉलर कमाने में कोई तुक नहीं है, अगर आपका किशोर बेटा आपको सनकी मानता है और आप अपनी पत्नी के साथ जरा भी समय नहीं बिता पाते हैं।
-क्रिस्टोफर रीव

९ सफलता आपके पास नहीं आती है; आपको इसके पास जाना पड़ता है।
-मार्वा कॉलिन्स

१० जब तक हम अपने अंदर छिपी हुई शक्ति को पहचानकर अपनी दिशा और कार्य पद्धति निर्धारित न कर लें, तब तक हमें संपूर्ण सफलता नहीं मिलती।
-सरश्री

११ आप किस तरह की सफलता में यकीन करते हैं - एक जो आपने निश्चित की है, दूसरी जो लोगों ने निश्चित की है या तीसरी जो ईश्वर ने आपके लिए निश्चित की है।
-सरश्री

एकाग्रता

१ एकाग्रता मेरा सूत्रवाक्य है – पहले ईमानदारी, फिर मेहनत और इसके बाद एकाग्रता। –एन्ड्रयू कारनेगी

२ अगर आप दो खरगोशों का पीछा करते हैं, तो दोनों बचकर भाग जाएँगे।

–अज्ञात

३ अपना ध्यान मनचाही चीजों पर केंद्रित रखें और अनचाही चीजों से दूर रखें।

–हान्ना व्हिटाल स्मिथ

४ सफल योद्धा वह आम आदमी है, जिसकी एकाग्रता लेजर जैसी होती है।

–ब्रूस ली

५ एकाग्र बनें; अपने सारे अंडे एक ही टोकरी में रखें और फिर उसे लगातार देखते रहें। –मार्क ट्वेन

६ कई काम करने का सबसे छोटा रास्ता एक बार में सिर्फ एक ही काम करना है। –सेम्युअल स्माइल्स

७ प्रतिभाशाली व्यक्ति वह है, जो अनिवार्य बिंदु को देखता रहता है और बाकी सबको अनावश्यक मानकर छोड़ देता है। –कार्लायल

८ जब आपकी चेतना वर्तमान पल पर पूरी तरह केंद्रित होती है, तभी आप उस उपहार, सबक या आनंद को प्राप्त कर सकते हैं, जो वह पल आपको प्रदान करना चाहता है। –बारबरा डे एंजेलिस

९ सड़क पर गोलीबारी की आवाज सुनाई देने के बावजूद अगर आप टेनिस खेलते रहें, तो यह एकाग्रता है। –सेरेना विलियम्स

१० आपके दिमाग को एकाग्र करने के लिए उस प्रतिस्पर्धी को एकटक देखने से

बेहतर कुछ नहीं है, जो नक्शे से आपको मिटा देना चाहता है।

-वेन कैलोवे

११ अगर आप परिणामों पर ध्यान केंद्रित करते हैं, तो आप कभी नहीं बदल पाएँगे। अगर आप खुद को बदलने पर ध्यान केंद्रित करते हैं, तो आपको परिणाम अपने आप मिल जाएँगे। -जैक डिक्सन

१२ एक व्यापार में माहिर व्यक्ति अपने परिवार की रोजी-रोटी चला सकता है। सात व्यापारों में माहिर व्यक्ति खुद का भी पेट नहीं पाल सकता। हवा उस नाविक का साथ कभी नहीं देती, जिसे यही न मालूम हो कि वह किस बंदरगाह की ओर जा रहा है। -ऑग मैन्डिनो

१३ शेर से एक बहुत अच्छी बात यह सीखी जा सकती है कि जब भी कोई इंसान कुछ करने का इरादा करे, तो उसे पूरे दिल और ताकत से करे। - चाणक्य

१४ एक समय में दो काम करने से एक भी नहीं होता है। -पब्लिलियस साइरस

१५ अपने सभी विचार हाथ के काम पर केंद्रित करें। सूर्य की किरणें भी तब तक नहीं जला पाती हैं, जब तक कि उन्हें फोकस न किया जाए।

-अलेक्जेंडर ग्राहम बेल

१६ लक्ष्य वाले लोग इसलिए सफल हो जाते हैं, क्योंकि वे जानते हैं कि वे कहाँ जा रहे हैं... यह इतनी ही सीधी बात है। -अर्ल नाइटिंगेल

१७ कई चीजों के बारे में सोचो भले ही, लेकिन करो सिर्फ एक ही चीज।

-सूक्ति

१८ अपने कार्य को पूरा करने में अपने मन, शरीर व बुद्धि का पूर्ण इस्तेमाल करें। जीवन की सारी सफलताएँ और सारी सिद्धियाँ एकाग्र मन का चमत्कार हैं।

-सरश्री

कर्म

१ कर्म प्रेम का प्रदर्शन है। अगर आप प्रेम से काम नहीं कर सकते और सिर्फ मन मारकर काम करते हैं, तो बेहतर यही होगा कि आप अपना काम छोड़कर किसी मंदिर की चौखट पर बैठ जाएँ और उन लोगों से भीख माँगें, जो खुशी-खुशी अपना काम करते हैं। –खलील जिब्रान

२ कर्म ही दु:ख का इकलौता इलाज है। –जॉर्ज हेनरी लुइस

३ जीवन का महान लक्ष्य ज्ञान नहीं, कर्म है। –थॉमस फुलर

४ सोच-विचार कई लोगों का काम है; कर्म सिर्फ एक आदमी का।

– चार्ल्स द गाल

५ जीवन में महत्त्वपूर्ण यह नहीं है कि आप क्या कहते हैं; महत्त्वपूर्ण तो वह है जो आप करते हैं। –अज्ञात

६ ध्यान रहे, सही मार्ग पर होने के बावजूद आप पीछे छूट सकते हैं, यदि आप हाथ पर हाथ धरकर बैठे रहें। –अज्ञात

७ वही कर्म सर्वश्रेष्ठ है, जो सबसे ज्यादा लोगों को सबसे ज्यादा सुख दे।

–फ्रांसिस हचेसन

८ ऐसा काम खोजो, जिसे करने में आपको मजा आए और फिर आपको कभी नहीं लगेगा कि आपने जीवन में एक दिन भी काम किया है। –हार्वे मैके

९ किसी भी काम को खूबसूरती से करने के लिए उसे स्वयं करना चाहिए।

–नेपोलियन

१० अपने जीवन को सुंदर कर्मों की माला बनाएँ। – बुद्ध

११ मैं ईसा मसीह के माध्यम से सारे काम कर सकता हूँ, जो मुझे शक्ति देते हैं।

–बाइबल

१२ बुराई की विजय के लिए एकमात्र आवश्यक चीज यह है कि अच्छे लोग कुछ न करें। -एडमंड बर्क

१३ हो सकता है कि कर्म से हमेशा खुशी न मिले, लेकिन कर्म के बिना कोई खुशी संभव नहीं होती। -बेंजामिन डिजराइली

१४ ऐसे प्रार्थना करें, जैसे सब कुछ ईश्वर पर निर्भर करता हो। इस तरह काम करें, जैसे सब कुछ आप पर निर्भर करता हो। -सेंट ऑगस्टिन

१५ नर्वस ब्रेकडाउन होने का एक लक्षण यह विश्वास है कि हमारा काम बहुत ही ज्यादा महत्त्वपूर्ण है। -बरट्रेंड रसेल

१६ जिस तरह बछड़ा हजार गायों के बीच भी अपनी माँ के पीछे चलता है, उसी तरह मनुष्य के अच्छे या बुरे काम भी उसके पीछे-पीछे चलते हैं। -चाणक्य

१७ बुद्धिमान व्यक्ति कभी उस काम को शुरू नहीं करता, जिसे वह पूर्ण न कर सकता हो। -विष्णु शर्मा

१८ सच्चे कर्म आकाश में खींची गई लकीर की तरह होते हैं, जो होते हुए भी नहीं होते हैं। -सरश्री

१९ सत्य की समझ ही आज के नए युग का सबसे बड़ा कर्म है, यह कर्म करेंगे तो अंतिम सफलता मिलेगी। -सरश्री

२० कर्म करो और फल की इच्छा रखनी है तो महाफल की इच्छा रखो। महाफल है आत्मसाक्षात्कार। -सरश्री

२१ कर्म में जब प्रज्ञा, इरादा और प्रेम जुड़ता है तब कर्म कर्मात्मा बनता है, जो परमात्मा तक पहुँचाता है। -सरश्री

कल्पना

१. कल्पना ज्ञान से ज्यादा महत्त्वपूर्ण है।   -आइंस्टीन

२. जो आज साबित हो चुका है, उसकी कभी कल्पना भर की गई थी।
   -विलियम ब्लेक

३. कल्पना वह सबसे ऊँची पतंग है, जो इंसान उड़ा सकता है।   -लॉरेन बेकॉल

४. कल्पना ही सब कुछ है। यह जीवन के आगामी आकर्षणों की झलक है।
   -अल्बर्ट आइंस्टाइन

५. कल्पना सहारा बने, न कि गले का फंदा बने। शेखचिल्ली की कल्पना में एडिसन की समझ और महावीर का बल जोड़ दें।   -सरश्री

६. इंसान अपने बारे में जैसी कल्पना करता है, वैसा बन जाता है। हमारी कल्पना यदि बेलगाम है, तो मानसिक तकलीफ का कारण है। यही कल्पना अनुशासित है, तो विकास की सीढी है।   -सरश्री

कष्ट

१ जो चीजें कष्ट पहुँचाती हैं, वही सिखाती हैं। -बेंजामिन फ्रैंकलिन

२ मुश्किलें वे औजार हैं, जिनसे ईश्वर हमें बेहतर कामों के लिए तैयार करता है। -एच.डब्ल्यू. बीचर

३ ईश्वर सभी मनुष्यों में है, लेकिन सभी मनुष्य ईश्वर में नहीं हैं, इसीलिए हम कष्ट उठाते हैं। - रामकृष्ण

४ हीरा और कुछ नहीं, बल्कि भयंकर दबाव में रखा गया कोयले का टुकडा है। -अज्ञात

५ मोती समुद्र किनारे नहीं मिलते। अगर आप मोती पाना चाहते हैं, तो इसके लिए आपको समुद्र में गोता लगाना होगा। -चीनी कहावत

६ जब कई लोग बोझ उठाते हैं, तो काम हल्का हो जाता है। -होमर

७ अनुभव से सीखने से ज्यादा कष्टकारी सिर्फ एक ही चीज है, और वह है अनुभव से न सीखना। -आर्किबाल्ड मैक्लीश

८ जब आपको पता चलेगा कि हमें परेशानी का हल ढूँढ़ने की जरूरत नहीं है, तब आपने असल हल पा लिया। -सरश्री

९ विकट से विकट परिस्थिति में भी प्रार्थना करना न भूलें, चाहे प्रार्थना पूरी होने के कोई भी आसार नजर न आ रहे हों। -सरश्री

काम

१. जो लोग छोटी-छोटी चीजों में उलझे रहते हैं, वे बडे.काम नहीं कर पाते।
— ला रोशफू को

२. आप जहाँ भी हैं, आपके पास जो भी है, उसके साथ आप जो भी कर सकते हों, कर दें।
—थियोडोर रूजवेल्ट

३. हम क्या सोचते और मानते हैं, अंत में यह ज्यादा मायने नहीं रखता। महत्व तो सिर्फ इसका होता है कि हम करते क्या हैं।
— जॉन रस्किन

४. अकेले हम बहुत थोड़ा कर सकते हैं, लेकिन मिलकर हम बहुत कुछ कर सकते हैं।
—हेलन केलर

५. जब भी आपसे पूछा जाए कि क्या आप कोई काम कर सकते हैं, तो जवाब दें, बिलकुल कर सकता हूँ!...और फिर यह पता लगाने में जुट जाएँ कि उस काम को कैसे किया जाए।
—थियोडोर रूजवेल्ट

६. जो बहुत सारा शुरू करता है, वह बहुत कम पूरा कर पाता है।
—जर्मन सूक्ति

७. ज्यादा काम करने का रहस्य यह है : हर दिन कामों की सूची बनाएँ, उसे बीच-बीच में देखते रहें और दिन भर उसका मार्गदर्शन लेकर काम करें।
—एलन लेकीन

८. काम तीन महा बुराइयों से बचाता है : बोरियत, पाप और गरीबी।
—वॉल्टेयर

९. कुछ नहीं करेंगे, तो कुछ नहीं बन पाएँगे।
—होव

१०. मनुष्य जन्म से नहीं, कर्म से महान बनता है।
— चाणक्य

११. काम करने में कोई तुक नहीं है, जब तक कि यह आपको किसी रोचक मैच की तरह न बाँध ले। अगर यह आपको अपने में मग्न नहीं कर पाता, अगर इसमें कभी कोई आनंद नहीं आता, तो उसे न करें।
—डी.एच. लॉरेंस

१२ जब प्रकृति को अपने लिए काम करवाने होते हैं, तो वह उसे करने के लिए महान प्रतिभाशाली व्यक्ति पैदा करवा देती है।   -इमर्सन

१३ जल्दी होने वाले काम में जब कोई अनावश्यक विलंब करता है, तो वह देवताओं के क्रोध को उकसा देता है, जो उसके रास्ते में बाधाएँ खड़ी कर देते हैं।   -पंचतंत्र

१४ लोग आशा बहुत ज्यादा करते हैं, काम बहुत कम।   -एलन टेट

१५ कर्म की कसौटी पर ही कसकर देखा जाता है कि कोई महान है या क्षुद्र।
  - तिरुवल्लुवर

१६ यदि कथनी शक्कर जैसी और करनी विष जैसी हों, तो क्या लाभ? जब अच्छी कथनी के बजाय इंसान अच्छे काम करता है, तो विष अमृत में बदल जाता है।   - कबीर

१७ 'कर्म का फल मिलने के बाद हम आनंदित होंगे,' यह विचारधारा छोड़ दें। कर्म करते हुए ही आनंद लेना सीखें।   -सरश्री

१८ तुम्हारा हर काम पूजा बने, न कि तुम्हारी पूजा काम बने।   -सरश्री

१९ पुराना काम करते वक्त बेहोश रहना आसान है इसलिए मन पुराना दोहराता है, उससे नया काम नहीं होता इसलिए नए काम पर कड़ी मेहनत करें। Complete don't complain वादा पूरा करो, वाद-विवाद नहीं।
  -सरश्री

 # कोशिश

१. जब तक कि कोई कोशिश न करे, तब तक वह कैसे जान सकता है कि वह क्या कर सकता है। −पब्लिलियस साइरस

२. सिर्फ किनारे पर खड़े रहकर पानी को निहारने से आप समुद्र पार नहीं कर सकते। −रवीन्द्रनाथ टैगोर

३. इस दुनिया में चीजें तब तक नहीं होतीं, जब तक कि कोई उन्हें कर न दे।
−जेम्स ए. गारफील्ड

४. यह कहने से कोई फायदा नहीं कि हम पूरी कोशिश कर रहे हैं। आपको तो काम पूरा करने में सफल होना चाहिए। −विन्स्टन चर्चिल

५. अगर कोई चीज कोशिश करने लायक है, तो वह कम से कम १० बार कोशिश करने लायक है। −आर्ट लिंकलेटर

६. कोशिश न करने के अलावा कोई असफलता नहीं है। −अल्बर्ट हबार्ड

७. ईश्वर इस बात पर जोर नहीं देता कि हम सफल हों, वह तो सिर्फ इतना चाहता है कि हम कोशिश करें। −मदर टेरेसा

८. जब कष्ट होने लगे, तभी प्रयास वास्तव में शुरू होता है। −जोस ओर्टेगा गैसेट

९. सवाल सफलता या असफलता का नहीं है, बल्कि कोशिश करने का है।
−अरुण जोशी

१०. पागलपन की परिभाषा यह है कि आप अपना लक्ष्य भूल जाएँ और अपने प्रयास दोगुने कर दें। −जॉर्ज संतायन

११. जब भी आपको विचार आए कि 'यह काम मैं नहीं कर सकता,' तो वहाँ रुकें और उस विचार को बदलें कि 'यह काम मैं कैसे कर सकता हूँ?' इससे आपकी बुद्धि आपके लिए नए रास्ते खोलेगी। −सरश्री

१२. निरंतर कोशिश करना सफलता की गारंटी है। −सरश्री

क्रोध

१ क्रोध कभी अकारण नहीं होता, लेकिन इसका कारण शायद ही कभी अच्छा होता है। –फ्रैंकलिन

२ जब भी मनुष्य क्रोधित होता है, उसकी तर्कशक्ति बाहर चली जाती है।

–अज्ञात

३ कोई भी मनुष्य क्रोधित हो सकता है। यह कोई मुश्किल काम नहीं है। लेकिन सही व्यक्ति पर क्रोधित होना और सही मात्रा में होना और सही समय पर होना और सही उद्देश्य से होना और सही तरीके से होना : यह हर व्यक्ति की क्षमता में नहीं होता और यह आसान नहीं है। –अरस्तू

४ जब गुस्सा आँखों पर पर्दा डाल देता है, तो सत्य ओझल हो जाता है।

–अज्ञात

५ क्रोध का सबसे बडा इलाज है विलंब। –सेनेका

६ वासना जैसा विनाशकारी कोई रोग नहीं, मोह जैसा शत्रु नहीं, क्रोध जैसी अग्नि नहीं और आध्यात्मिक ज्ञान जैसा सुख नहीं। –चाणक्य

७ हम अलग-अलग डिग्री पर उबलते हैं। –इमर्सन

८ क्रोध करना किसी दूसरे पर फेंकने के लिए तपता हुआ अंगारा पकड़ना है। इससे हाथ आपका ही जलता है। –बुद्ध

९ क्रोध एक क्षणिक पागलपन है। –होरेस

१० क्रोध दिमाग की बत्ती बंद कर देता है। –रॉबर्ट जी. इंगरसोल

११ लोगों पर नाराज होने के बारे में मेरा सबक यह है कि इससे आम तौर पर उनसे ज्यादा कष्ट आपको होता है। –ओपरा विनफ्री

१२ जब कोई कमजोर व्यक्ति क्रोधित होता है, तो वह अपना ही नुकसान करता है। –विष्णु शर्मा

१३ कमजोरों के खिलाफ क्रोध गलत है; बलवानों के खिलाफ व्यर्थ है।

–तिरुवल्लुवर

१४ क्रोध में हो तो बोलने से पहले दस तक गिनो; यदि क्रोध बहुत ज्यादा हो, तो सौ तक गिनो। –जेफरसन

१५ क्रोध से शुरू होने वाली हर बात लज्जा पर खत्म होती है।

–बेंजामिन फ्रैंकलिन

१६ क्रोध के हर मिनट में आप साठ सेकंड की खुशी खो देते हैं। –अज्ञात

१७ क्रोधी मनुष्य अपना मुँह खोल लेता है और आँखें बंद कर लेता है। –केटो

१८ गुस्से में कभी कुछ न करें, क्योंकि तब हर चीज गलत होगी।

– बाल्तेसर ग्रेशियन

१९ बुद्धि के दरबार में जब क्रोध सिंहासन पर बैठता है, तब विवेक का वजीर भाग जाता है। –सरश्री

२० क्रोध करना है तो शोध-क्रोध करें। यदि क्रोध जगे और हम खोज में लग जाएँ, तो यह शोध क्रोध है। कोई इंसान गर्मी से परेशान हो, उसे क्रोध आए और वह पंखे की ईजाद करे तो यह क्रोध का रचनात्मक उपयोग है। –सरश्री

 # खुशी

१. सुंदरता बढाने के लिए खुशी जैसा कोई सौंदर्य प्रसाधन नहीं है।
    −लेडी मार्गरिट ब्लेसिंगटन

२. कुछ लोगों के आने से खुशी होती है, तो कुछ लोगों के जाने से।
    −ऑस्कर वाइल्ड

३. ज्यादातर लोग लगभग उतने ही खुश होते हैं, जितने का वे मन बनाते हैं।
    −अब्राहम लिंकन

४. जीवन की सबसे बडी खुशी उन चीजों को हासिल करने में है, जिनके बारे में लोग कहते हैं कि उन्हें हासिल नहीं किया जा सकता।
    −स्कॉट वोल्कर्स

५. सफलता खुशी की कुंजी नहीं है। इसके बजाय खुशी सफलता की कुंजी है। आप जो कर रहे हैं, अगर आपको उससे प्रेम है, तो आप शर्तिया सफल होंगे।   −हर्मन केन

६. सुख वस्तुओं में नहीं होता; यह तो हमारे अंदर होता है।   −रिचर्ड वैगनर

७. जिस काम का पैदाइशी हुनर होता है, उसे करने में सबसे ज्यादा खुशी मिलती है।   −गेटे

८. हँसोगे तो दुनिया तुम्हारे साथ हँसेगी; रोओगे तो अकेले रोना पड़ेगा।
    −ऍल्ला व्हीलर विलकॉक्स

९. सुबह दस बजे तक खुश रहेंगे, तो बाकी का दिन अपनी परवाह स्वयं कर लेगा।   −अल्बर्ट हबार्ड

१०. साबुन शरीर को साफ करता है, हँसी आत्मा को।   −अज्ञात

११ हम खुश होने के कारण नहीं हँसते, बल्कि हँसने के कारण खुश होते हैं।

-विलियम जेम्स

१२ आप बूढे. होने के कारण हँसना नहीं छोड़ते हैं। आप तो बूढे. ही इसलिए होते हैं, क्योंकि आपने हँसना छोड़ दिया।   -माइकल प्रिचार्ड

१३ हँसी वह झाड़ू है, जो आपके हृदय के जाले साफ कर देती है।   -मॉर्ट वॉकर

१४ प्रेम की मास्टर चाबी खुशी के द्वार खोल देती है।   -ओलिवर होम्स

१५ जो दूसरों पर हँसता है वह मूर्ख इंसान है। जो खुशी में हँसता है वह सामान्य इंसान है। जो दु:ख में हँसता है वह समझदार इंसान है। इसलिए दु:ख में खुश रहने की कला सीखें। खुशी की भावना दु:ख के कारण को दूर रखती है।

-सरश्री

१६ आनंद आए तो कहना, 'यह तो आना ही था।' दु:ख आए तो कहना, 'यह तो जाने के लिए आया है।'   -सरश्री

खोज

१ खोज में सबसे बडी बाधा अज्ञान नहीं, बल्कि ज्ञान का भ्रम है।

–डेनियल जे. बूरस्टिन

२ प्रतियोगिता हमें ज्यादा सक्षम बनाती है, नए जवाब खोजने के लिए प्रेरित करती है और इस घमंड से बचाती है कि हम सब कुछ जानते हैं।

–टॉम मोनाहन

३ खुशी की खोज ही दु:ख की मुख्य वजह है। –एरिक हॉफर

४ हमारी पीढी की सबसे बडी खोज यह है कि इंसान अपने दिमाग के अंदरूनी नजरिए को बदलकर अपने जीवन के बाहरी पहलुओं को बदल सकता है।

–विलियम जेम्स

५ जो लोग गाना चाहते हैं, वे हमेशा गीत खोज लेते हैं। –स्वीडिश सूक्ति

६ जब आप शहद की तलाश में जाते हैं, तो आपको यह उम्मीद रखनी चाहिए कि मधुमक्खियाँ आपको काटेंगी। –केनेथ कॉन्डा

७ जो गहरे पानी में डुबकी लगाता है, उसे ही मोती मिलता है। जो डूबने के डर से मूर्खतावश किनारे पर खड़ा रहता है, उसे कुछ हाथ नहीं लगता।

–कबीर

८ आज दो चीजों की जरूरत है : पहली, अमीरों को यह पता होना चाहिए कि गरीब लोग कैसे जीते हैं और दूसरी, गरीबों को यह जानना चाहिए कि अमीर लोग कैसे काम करते हैं। –एडवर्ड एटकिन्सन

९ हम या तो रास्ता खोज लेंगे या फिर बना लेंगे। –हैन्निबाल

१० खोजने से सत्य नहीं मिलता मगर खोजियों को ही मिला है। –सरश्री

११ खोज करने से इंसान को यह पता चलता है कि कम से कम तब खुश रहना जरूरी है जब दुःख आया हो। दुःख में दिखना बंद हो जाता है। जब दिखना बंद हो जाता है तब चिंता शुरू होती है।   –सरश्री

गरीब

१. गरीब वह नहीं है, जिसके पास कम है, बल्कि वह है, जिसे ज्यादा की चाहत है। —डेनियल

२. युवावस्था में किसी को जो लाभ मिल सकते हैं, मेरे ख्याल से गरीबी उनमें सबसे बड़ा लाभ है। —जे.जी.हॉलैंड

३. कंजूस आदमी गरीब दिखकर अमीर बनता है; फिजूलखर्च व्यक्ति अमीर दिखकर गरीब बनता है। —विलियम शेक्सपियर

४. योग्यता गरीब आदमी की दौलत है। —एम. रेन

५. उद्यमी के लिए कोई गरीबी नहीं है। —चाणक्य

६. विषदंत के बिना साँप और धन के बिना मनुष्य बेचारे होते हैं। —पंचतंत्र

७. जो अमीर व्यक्ति अपना धन गँवा देता है, वह उस गरीब व्यक्ति से ज्यादा दु:खी रहता है, जो प्रारंभ से धनहीन था। —विष्णु शर्मा

८. गरीब आदमी भले ही बुद्धिमान, नैतिक और अच्छे कुल का हो, लेकिन हर व्यक्ति उसका तिरस्कार करता है, जबकि अमीर व्यक्ति भले ही मूर्ख, अनैतिक और नीचे कुल का हो, उसका स्वार्थवश सम्मान किया जाता है।

—पंचतंत्र

९. कंगले की तरह जीना और धनवान होकर मरना महज पागलपन है।

—रॉबर्ट बर्टन

१०. पैसे की प्राप्ति के साथ प्रेम की पूँजी, ध्यान की दौलत, समय की संपत्ति, निडरता की नकद और सेहत के सिक्के पाने का राज़ सीख लें। —सरश्री

११. पैसे को न भगवान मानें, न शैतान। न उसे फिजूल खर्च करें, न उसे दबाकर रखें। पैसे से न चिपकाव रखें, न उससे दूर भागें बल्कि जागें। —सरश्री

गलती

१ जो आदमी कोई गलती नहीं करता, वह आम तौर पर कुछ भी नहीं करता।

–एडवर्ड जे. फेल्प्स

२ सिर्फ मुर्दों से ही कोई गलती नहीं होती। –एच.एल.वेलैंड

३ आप बहुत थोड़ा कर सकते हैं, इस वजह से कुछ नहीं करना सबसे बड़ी गलती है। –सिडनी स्मिथ

४ जो इंसान काम करता है, उससे कई गलतियाँ भी होती हैं, लेकिन वह जीवन की सबसे बड़ी गलती नहीं करता - कुछ भी न करना। –बेंजामिन फ्रैंकलिन

५ भूल तब तक गलती नहीं बनती, जब तक कि आप उसे सुधारने से इंकार न कर दें। –अज्ञात

६ जिसने कभी कोई गलती नहीं की, उसने दरअसल कुछ नया करने की कोशिश ही नहीं की। –आइंस्टाइन

७ उस व्यक्ति से ज्यादा बड़ी गलती कोई नहीं करता, जो सिर्फ इसलिए कुछ नहीं करता, क्योंकि वह बहुत थोड़ा कर सकता है। –एडमंड बर्क

८ अपनी सफलताओं की तुलना में मैंने अपनी गलतियों से ज्यादा सीखा है।

–सर हम्फ्री डेवी

९ अगर मनुष्य किसी काम को इतना अच्छा करने का इंतजार करे, ताकि कोई उसमें दोष न निकाल सके, तो कुछ भी नहीं हो पाएगा।

–कार्डिनल जॉन हेनरी न्यूमैन

१० जीवन में आप जो सबसे बड़ी गलती कर सकते हैं, वह है इस बात से लगातार डरना कि आप गलती कर बैठेंगे। –अल्बर्ट हबार्ड

११ गलती करने में कोई बुरी बात नहीं है, जब तक कि आप उसे बार-बार न दोहराएँ। 　　　　　　　　　　　　　　　　　　　　　　　　　　　　　-अज्ञात

१२ विशेषज्ञ वह व्यक्ति होता है, जिसने वे सारी गलतियाँ कर ली हैं, जो एक बहुत सीमित क्षेत्र में की जा सकती हैं।　　　　　-नाइल्स हेनरिक डेविड बोहर

१३ समझदार से समझदार इंसान भी गलती कर सकते हैं।　　　-एस्कीलस

१४ हमारी सबसे बड़ी गलती यह सोचना है कि हमसे कभी गलती नहीं होती।

　　　　　　　　　　　　　　　　　　　　　　　-थॉमस कार्लायल

१५ चरित्रवान बनने के लिए अपनी गलतियों को प्रकाश में लाना अति आवश्यक है। सच्चे मित्रों के फीडबैक से सूक्ष्म कमजोरियों को जानकर उन्हें निकाल दें। 　　　　　　　　　　　　　　　　　　　　　　　　　　　　　-सरश्री

१६ दूसरों के गलती की सजा खुद को देना, सबसे बड़ी गलती है।　　-सरश्री

 # चरित्र

१   चरित्र विचारों से बनता है। －एनी बीसेंट

२   हमारा चरित्र उन कामों से उजागर होता है, जिन्हें हम तब करते हैं, जब कोई हमें देख न रहा हो। －जैक्सन ब्राउन

३   चरित्र ही भाग्य है। －हेराक्लिटस

४   चरित्र दो चीजों का परिणाम है: मानसिक नजरिया और हमारे समय गुजारने का तरीका। －अल्बर्ट हबार्ड

५   योग्यता आपको शिखर तक पहुँचा सकती है, लेकिन वहाँ बने रहने के लिए आपको चरित्र की जरूरत होती है। －जॉन वुडन

६   चरित्र निर्माण हमारे बचपन में शुरू हो जाता है और मृत्यु तक चलता रहता है। －एलीनोर रूजवेल्ट

७   चरित्र वृक्ष है, प्रतिष्ठा छाया। －अब्राहम लिंकन

८   हर मनुष्य के तीन चरित्र होते हैं : एक वह जो वह दिखाता है, दूसरा वह जो उसका होता है, और तीसरा वह जो वह सोचता है कि उसका है।

－एल्फॉन्से कार

९   जो बुद्धिमान व्यक्ति अपना कल्याण चाहता है, वह कभी किसी ऐसे व्यक्ति पर विश्वास नहीं करेगा, जिसके चरित्र, परिवार और शक्ति को वह न जानता हो।

－पंचतंत्र

१०   किसी इंसान के वास्तविक चरित्र का पैमाना यह है कि वह तब क्या करता है, जब उसे पता हो कि उसे पकड़ा नहीं जाएगा। －थॉमस मैकॉले

११   आपकी प्रतिष्ठा दूसरों के हाथों में है। प्रतिष्ठा ऐसी ही होती है। आप इसे

नियंत्रित नहीं कर सकते। आप जिस एक चीज को नियंत्रित कर सकते हैं, वह है आपका चरित्र।   - डॉ. वेन डब्ल्यू. डायर

१२. चरित्र आराम और शांति में विकसित नहीं किया जा सकता। विपत्ति और दुःख के अनुभव से ही आत्मा सशक्त बनती है, सपना स्पष्ट होता है, महत्वाकांक्षा प्रेरित होती है और सफलता हासिल होती है।   -हेलन केलर

१३. जब इंसान का चरित्र बलवान बन जाता है, तब वह पृथ्वी लक्ष्य प्राप्त करने के काबिल बन जाता है, वरना वह विकास के बीच में ही रुक जाता है।   -सरश्री

१४. धारणाएँ बदल सकती हैं, लेकिन चरित्र नहीं बदलते। उनका सिर्फ विकास होता है।   -बेंजामिन डिजराइली

१५. अपने चरित्र पर काम करना है, तो आपको ऐसे मित्रों के संघ में रहना होगा, जिन्होंने अपने चरित्र पर पहले काम किया है।   - सरश्री

१६. जो लोग सीधा, सहज, सरल जीवन जीना चाहते हैं, वे यह बात गांठ बांध लें कि नेक चरित्र ही उनके जीवन की बुनियाद है।   - सरश्री

 # चिंता

१. मैंने अपना ज्यादातर जीवन ऐसी चीजों की चिंता में गँवा दिया, जो कभी हुई ही नहीं।
 - मार्क ट्वेन

२. काम के मुकाबले चिंता से ज्यादा लोग इसलिए मरते हैं, क्योंकि ज्यादातर लोग काम करने के बजाय चिंता करते हैं।
 -रॉबर्ट फ्रॉस्ट

३. आप अपनी चिंताओं की सूची देखकर अपने ईश्वर का आकार जान सकते हैं। आपकी सूची जितनी लंबी होती है, आपके ईश्वर का आकार उतना ही छोटा होता है।
 -अज्ञात

४. हर रात को मैं अपनी चिंताएँ ईश्वर के हवाले कर देती हूँ। वह तो वैसे भी रात भर जागेगा।
 -मैरी सी. क्राउले

५. यदि आप अपनी स्मृति की जाँच करना चाहते हैं, तो यह याद करने की कोशिश करें कि एक साल पहले आज आप किस चीज की चिंता कर रहे थे।
 -ई. जोसेफ कॉसमैन

६. मानसिक शांति पाने के लिए ब्रह्मांड के जनरल मैनेजर पद से त्यागपत्र दे दें।
 -अज्ञात

७. यदि आप हर स्थिति को जीवन-मृत्यु का मामला मानते हैं, तो आप बहुत बार मरेंगे।
 -डीन स्मिथ

८. चिंता के इलाज के रूप में कार्य शराब से बेहतर है।
 -थॉमस एडिसन

९. चिंता अक्सर एक छोटी चीज को बड़ी छाया दे देती है।
 -स्वीडिश सूक्ति

१०. मुझे अपने पड़ोसी की सलाह याद आती है। 'अपने दिल की तब तक कभी चिंता मत करो, जब तक कि यह धड़कना बंद न कर दे।'
 -ई.बी. व्हाइट

११. चिंता भरा एक दिन काम भरे एक दिन से ज्यादा थकाने वाला होता है।
 -जॉन लुबॉक

१२ यदि चिंता करना ऑलंपिक का खेल होता, तो निश्चित रूप से स्वर्ण पदक आपको ही मिलता। –स्टॅफ्नी जीस्ट

१३ यदि आप सड़क पर दस मुश्किलों को अपनी ओर आते देखते हैं, तो इत्मीनान रखें कि उनमें से नौ आपके पास पहुँचने से पहले ही खाई में गिर जाएँगी।

–कैल्विन कूलिज

१४ वह व्यक्ति धन्य है, जो दिन के समय इतना व्यस्त है और रात को इतना उनींदा (नींद से भरा हुआ) कि चिंता ही नहीं कर सकता। –अज्ञात

१५ पहला नियम है, छोटी–छोटी चीजों की चिंता न करें। दूसरा नियम है, सारी चीजें छोटी हैं। –रॉबर्ट इलियट

१६ मुझे यकीन है कि ईश्वर दुनिया सँभाल रहा है और उसे मेरी सलाह की कोई जरूरत नहीं है। जब ईश्वर प्रभारी है, तो मुझे यकीन है कि हर चीज अंत में सर्वश्रेष्ठ के लिए ही होगी। फिर चिंता की क्या बात है? –हेनरी फोर्ड

१७ खुशी का सिर्फ एक तरीका है और यह है उन चीजों के बारे में चिंता छोड़ना, जो हमारी इच्छाशक्ति से परे हैं। –एपिक्टेटस

१८ चिंता के पक्षी आपके सिर के ऊपर से उड़ते हैं, इसे तो आप नहीं बदल सकते, लेकिन वे आपके बालों में घोंसला बना लेते हैं, इसे आप जरूर रोक सकते हैं। –चीनी सूक्ति

१९ अपने हृदय की चिंता न करें; यह उतना ही लंबा जिएगा, जितने कि आप।

–डब्ल्यू. सी. फील्ड्स

२० चिंता का एक ही अचूक इलाज है - प्रार्थना। –विलियम जेम्स

२१ कल की चिंता न करें, क्योंकि ईश्वर पहले ही वहाँ मौजूद है। –अज्ञात

२२ चिता इंसान को मरने के बाद जलाती है, एक साथ जलाती है, बिना पीडा दिए जलाती है। चिंता इंसान को मरने के पहले जलाती है, मरने के लिए जलाती है, धीरे–धीरे पीड़ित कर–करके जलाती है। –सरश्री

२३. धन न हो, तो भी चिंता मोटी होती है और धन ज्यादा हो, तो भी चिंता तंदुरुस्त होती है इसलिए धन के साथ ध्यान को जोड़ना जरूरी है। -सरश्री

२४. चिंता से मुक्त होने के लिए, चिंता को इतना बढाएँ कि सारे विश्व की चिंता आपको होने लगे। तब विश्व की बड़ी चिंता के सामने आपकी चिंता बहुत छोटी हो जाएगी। -सरश्री

जीवन

१ जीवन में महत्त्वपूर्ण चीज विजय नहीं, संघर्ष है; मुख्य बात जीतना नहीं, बल्कि अच्छी तरह जूझना है। –बैरन पियरे द कुबर्तिन

२ हर व्यक्ति का जीवन एक डायरी है, जिसमें वह एक कहानी लिखना चाहता है, लेकिन दूसरी लिख देता है। और सबसे ज्यादा विनम्र वह तब बनता है, जब वह अपने लिखे हुए ग्रंथ की तुलना अपने संकल्प से करता है।

–सर जे.एम. बैरी

३ शतरंज की तरह जीवन में भी दूरदर्शिता की ही विजय होती है।

–चार्ल्स बक्स्टन

४ इससे कोई फर्क नहीं पडता कि आप कितना लंबा जीते हैं; फर्क तो इससे पड़ता है कि आप कितना अच्छा जीते हैं। –पब्लिलियस साइरस

५ हमने वे चीजें अधूरी छोड़ दी हैं, जिन्हें करना चाहिए था, और वे चीजें कर दी हैं, जिन्हें नहीं करना चाहिए था। –बुक ऑफ कॉमन प्रेयर

६ इंसान ने खाली कुँ ओं में खाली बाल्टी डालने में पूरी जिंदगी बिता दी और अब वह उन्हें ऊपर खींचने में अपना बुढापा भी बर्बाद कर रहा है।

–सिडनी स्मिथ

७ जो हमारे पीछे है और जो हमारे सामने है, वे उसकी तुलना में बहुत छोटे मामले हैं, जो हमारे भीतर है। –इमर्सन

८ शैली के मामलों में बहाव के साथ तैरें; सिद्धांत के मामलों में चट्टान की तरह अटल खड़े रहें। –थॉमस जेफरसन

९ मनुष्य अपने जीवन का उद्‌देश्य ऐसा सवाल पूछकर पूरा कर सकता है, जिसका जवाब वह न दे सके और ऐसे काम की कोशिश करके पूरा कर सकता है, जिसे वह हासिल नहीं कर सकता। –ओलिवर वेंडेल होम्स

१० यह महत्वहीन है कि मैं कहाँ, कब पैदा हुई और मैंने अपना जीवन कैसे जिया। रुचि का विषय तो यह होना चाहिए कि मैं जहाँ थी, जब थी, उसके साथ मैंने क्या किया। –जॉर्जिया ओकीफे

११ जीवन एक विदेशी भाषा है। सभी लोग इसका गलत उच्चारण करते हैं। –क्रिस्टोफर मोर्ले

१२ जीवन की सबसे बड़ी विडंबना यह है कि कोई इससे जिंदा बाहर नहीं जा पाता। –रॉबर्ट हीनलीन

१३ हम जो पाते हैं, उससे आजीविका कमाते हैं; जो देते हैं, उससे जीवन बनाते हैं। –सर विन्स्टन चर्चिल

१४ जीवन क्षीरसागर की तरह है। आप इसे जितना मथेंगे, आपको इससे उतना ही मक्खन मिलेगा। –घनश्याम दास बिड़ला

१५ ज्यादातर लोग बिना जिए ही मर जाते हैं। उनके लिए यह सौभाग्य की बात है कि उन्हें इसका एहसास ही नहीं होता। –हेनरिक इब्सन

१६ जब काम में आनंद आता है, तो जीवन सुखमय हो जाता है; परंतु जब काम सिर्फ कर्तव्य हो, तो यह दासता बन जाता है। –मैक्सिम गोर्की

१७ अगर आपको इंद्रधनुष चाहिए, तो बारिश भी झेलनी पड़ेगी। –डॉली पार्टन

१८ जिंदगी इतनी छोटी है कि घटिया नहीं होनी चाहिए। –बेंजामिन डिजराइली

१९ अपने जीवन को खोलकर बडा बनाएँगे, तो जीवन ज्यादा आसान हो जाएगा। एक गिलास पानी में एक चम्मच नमक डालने से पानी पीने लायक नहीं रहता। झील में एक चम्मच नमक डालने से कुछ पता भी नहीं चलता है। –बुद्ध

२० आनंदित इंसान ही अपने जीवन को, जीवन से बदलकर, महाजीवन बना सकता है। वह उस जीवन का दर्शन कर सकता है, जो आँखों से नहीं, हृदय से महसूस किया जाता है। –सरश्री

२१ महत्व इस बात का नहीं है कि आप कितने साल जिए। महत्व इस बात का है कि आप क्या बनकर जिए। –सरश्री

डर

१ जिस चीज से आप डरते हों, उसे कर दें और इसके बाद डर की मौत तय है। –इमर्सन

२ कायर अपनी मौत से पहले कई बार मरते हैं। साहसी मौत का स्वाद सिर्फ एक ही बार चखता है। –शेक्सपियर

३ कोई भी उस व्यक्ति से प्रेम नहीं करता, जिससे वह डरता है। –अरस्तू

४ जो अपने मन के आवेगों, इच्छाओं और डरों पर शासन करता है, वह सम्राट से भी बड़ा होता है। –मिल्टन

५ इस खोज से मनुष्य को बड़ा अचंभा होता है कि वह उस चीज को कर सकता है, जिससे वह घबरा रहा था और असंभव मान रहा था। –हेनरी फोर्ड

६ दुनिया से डरने वाले लोग हमेशा संकट में रहते हैं। –जॉर्ज बरनार्ड शॉ

७ कल हम कितना हासिल करते हैं, इसकी एकमात्र सीमा हमारी आज की शंकाएँ हैं। –फ्रैंकलिन डी. रूजवेल्ट

८ खतरा सभी महान लोगों का प्रेरणास्त्रोत है। –जॉर्ज चैपमैन

९ जिसे हारने का भय हो, वह अवश्य हारेगा। –नेपोलियन

१० जोखिम लिए बिना कभी कोई महान चीज संभव नहीं हुई। –मैकियावली

११ बुरे लोग डर के कारण कहना मानते हैं, अच्छे लोग प्रेम के कारण। –अरस्तू

१२ 'लोग क्या कहेंगे' इस डर की वजह से ही कई आविष्कार आज तक नहीं हुए, जो हो सकते थे। इसलिए लोगों के डर से अपने निर्णय न बदलें। –सरश्री

१३ जीवन का गणित : चिंता + डर = चिता। चिता से यदि बचना चाहते हैं तो डर को माइनस (–) करें। –सरश्री

१४ डर को केवल खबरदारी के विचार तक ही बढ़ने दें, वरना उसके बाद वह रोग बन जाता है। –सरश्री

दान

१. देने का तरीका उपहार से ज्यादा मूल्यवान होता है।   -पियर कॉर्नील

२. थोड़ी सी खुशबू हमेशा उस हाथ से चिपक जाती है, जो आपको गुलाब देता है।   -चीनी सूक्ति

३. दान देने से आज तक कभी कोई गरीब नहीं हुआ।   -एन फ्रैंक

४. जो जल्दी देता है, वह दोगुना देता है।   -लेटिन सूक्ति

५. अगर आपके दिल में परोपकार की भावना नहीं है, तो आपको सबसे बुरे किस्म का हृदय रोग है।   -बॉब होप

६. हमें सिर्फ पैसा देकर ही संतुष्ट नहीं होना चाहिए। धन पर्याप्त नहीं है, धन पाया जा सकता है, लेकिन उन्हें इस बात की जरूरत है कि आप हृदय से उन्हें प्रेम करें। इसलिए जहाँ भी जाएँ, हर जगह अपना प्रेम फैलाएँ।   -मदर टेरेसा

७. उदारता मुझे वह देना नहीं है जिसकी मुझे आपसे ज्यादा जरूरत है, बल्कि वह देना है जिसकी आपको मुझसे ज्यादा जरूरत है।   -खलील जिब्रान

८. हर व्यक्ति का यह कर्तव्य है कि वह दुनिया को कम से कम उतना तो वापस लौटाए, जितना वह उससे लेता है।   -अल्बर्ट आइंस्टाइन

९. दान देकर यदि तुम्हें अच्छा लगे तब समझना तुमने सही भावना से दान किया। मजबूरी व कर्तव्य भाव से किया गया दान आनंद नहीं देता।   -सरश्री

१०. श्रवण के लिए कान दान करें, सेवा के लिए हाथ दान करें, भक्ति के लिए दिल दान करें, मुक्ति के लिए अहंकार दान करें।   -सरश्री

दुःख

१ दुःखी होने का रहस्य इस बारे में सोचने की फुरसत होना है कि आप सुखी हैं या नहीं। –जॉर्ज बरनार्ड शॉ

२ इस पृथ्वी पर ऐसा कोई दुःख नहीं है, जिसका इलाज स्वर्ग न कर सके। –थॉमस मूर

३ कर्म निराशा की दवा है। –जोआन बैज

४ सचमुच दुःखी व्यक्ति वह है, जो उस काम को अधूरा छोड़ देता है, जिसे वह कर सकता है और इसके बजाय वह करना शुरू कर देता है, जिसे वह समझता ही नहीं है। कोई हैरानी नहीं कि वह बाद में दुःख उठाता है। –गेटे

५ जब दुःख आते हैं, तो अकेले नहीं, बल्कि झुंड में आते हैं। –शेक्सपियर

६ ऐसा कोई दुःख नहीं है, जो समय के साथ कम और कोमल न हो। –सिसरो

७ धैर्यवान मनुष्य अत्यंत दुःखी होने पर भी अपने धैर्य का परित्याग कदापि नहीं करते। जलती अग्नि को उलटी करने पर भी उसकी शिखा नीचे की ओर कभी नहीं जाती। –भर्तृहरि

८ हमारे सुख या दुःख का ज्यादातर हिस्सा हमारी परिस्थितियों पर नहीं, बल्कि हमारे स्वभाव पर निर्भर करता है। हम जहाँ भी जाते हैं, अपने मन में सुख या दुःख के बीज अपने साथ लेकर जाते हैं। –मार्था वॉशिंगटन

९ बहुत ज्यादा खुशी की आशा करना खुशी की राह में एक बड़ी बाधा है। –बरनार्ड डे फॉन्टेनेल

१० जो ५० लोगों से मोह करता है, उसे ५० दुःख रहते हैं; जो किसी से मोह नहीं करता, उसे कोई दुःख नहीं होता। –बुद्ध

११ प्रेम कैसा दिखता है? इसके पास दूसरों की मदद करने के लिए हाथ होते हैं। इसके पास गरीबों और जरूरतमंदों के पास जल्दी से पहुँचने के लिए पैर होते हैं। इसके पास कष्ट और अभाव देखने के लिए आँखें होती हैं। इसके पास लोगों की आहें और दुःख-दर्द सुनने के लिए कान होते हैं। प्रेम ऐसा ही दिखता है। -सेंट ऑगस्टिन

१२ यदि आप दुःखी लोगों की मदद करना चाहते हैं, तो कम से कम खुद दुःखी न बनें। – सरश्री

१३ दर्द हो मगर दर्द का दुःख न हो, सुख हो मगर सुख जाने का दुःख न हो।

– सरश्री

१४ दुःख का दुःख ही दुःख है वरना दुःख, दुःख नहीं। दुःख को जब अस्वीकार किया जाता है, तब दुःख दस गुना बढ.जाता है। – सरश्री

दुनिया

१ आपको दुनिया बदलने का सिर्फ एक ही अवसर मिलता है। दूसरी कोई चीज इतनी महत्त्वपूर्ण नहीं है – छुट्टियाँ मनाने या बच्चे पैदा करने का मौका तो आपको बाद में भी मिल जाएगा। –बिल एटकिंसन

२ संसार का इतिहास रोजी–रोटी की इंसानी तलाश का दस्तावेज है।

–हेंडरिक विलेम वैन लून

३ सभ्यता का सच्चा इम्तहान जनगणना, शहरों का आकार या फसल की पैदावार नहीं है, सच्चा इम्तहान तो यह है कि वह देश कैसे आदमी तैयार करता है। –इमर्सन

४ संसार एक दर्पण है और हर व्यक्ति को उसी के चेहरे का प्रतिबिंब दिखाता है। इसकी ओर त्योरी चढाकर देखेंगे, तो यह भी त्योरियाँ चढा लेगा, लेकिन अगर आप हँसेंगे, तो यह भी आपके साथ–साथ हँसने लगेगा।

–विलियम मेकपीस थेकरे

५ प्रेम को हटा दो, तो हमारी धरती कब्रिस्तान है। –रॉबर्ट ब्राउनिंग

६ हम जो करते हैं और हम जो करने में सक्षम हैं, उसके बीच का अंतर संसार की ज्यादातर समस्याओं को सुलझाने के लिए काफी है। –गाँधी

७ यह संसार एक सुंदर पुस्तक है, लेकिन उस व्यक्ति के लिए बेकार है, जो इसे पढ.ही नहीं सकता। –गोल्डोनी

८ जब भी आप कोई चीज करें, तो इस तरह करें, जैसे सारी दुनिया आपको देख रही हो। –थॉमस जेफरसन

९ सृष्टि एक रंगमंच है, और सभी स्त्री–पुरुष इस रंगमंच के पात्र। –शेक्सपियर

१० आँख के बदले आँख के सिद्धांत पर चलेंगे, तो पूरी दुनिया अंधी हो जाएगी। –खलील जिब्रान

११ वह परिवर्तन बनें, जो आप संसार में देखना चाहते हैं। –महात्मा गाँधी

१२ जो मनुष्य पचास साल की उम्र में भी दुनिया को उसी तरह देखता है, जिस तरह बीस साल की उम्र में देखता था, तो इसका यह मतलब निकलता है कि उसने अपनी जिंदगी के तीस साल बर्बाद कर लिए। –मुहम्मद अली

१३ शिक्षा वह सबसे शक्तिशाली हथियार है, जिससे आप दुनिया को बदल सकते हैं। –नेल्सन मंडेला

१४ संसार में सबसे दयनीय व्यक्ति वह है, जिसके पास दृष्टि तो है, भविष्यदृष्टि नहीं है। –हेलन केलर

१५ संसार वह विशाल व्यायामशाला है, जहाँ हम खुद को मजबूत बनाने के लिए आते हैं। –स्वामी विवेकानंद

१६ दुनिया में रहते हुए दुनिया से अलग रहने की कला सीखें, कमल के फूल और हर भूल से सीखें। –सरश्री

१७ दुनिया में केवल दो तरह के लोग रहते हैं, एक वे हैं जिनके सिर पर मोह का ताज (मोहताज) होता है, दूसरे वे जिनके सिर पर तेज होता है। –सरश्री

दुर्भाग्य

१ हम अपने दुर्भाग्यों के बारे में जितना ज्यादा सोचते हैं, नुकसान पहुँचाने की उनकी शक्ति को उतना ही ज्यादा बढा देते हैं। –वॉल्टेयर

२ हम सभी में दूसरों के दुर्भाग्य झेलने की पर्याप्त शक्ति होती है। –ला रोशफूको

३ इससे घृणित और दु:खद कुछ नहीं है कि इंसान पैसे की खातिर सारा दिन धन कमाने में ही उलझा रहे। –जॉन डी. रॉकफेलर

४ होनी से बहस करने से कोई फायदा नहीं होता। पूर्वी हवा से इकलौता तर्क यही किया जा सकता है कि आप अपना ओवरकोट पहन लें।

–जेम्स रसेल लॉवेल

५ दुर्भाग्य में अपमान जैसी कोई बात नहीं है। शर्म की बात तो यह है कि हम उससे कुछ न सीखें या उसके बारे में कुछ न करें। –तिरुवल्लुवर

६ दुर्भाग्य छोटे मस्तिष्क वाले लोगों को दबा देता है, लेकिन महान मस्तिष्क वाले लोग उस पर कदम रखकर उसके ऊपर उठ जाते हैं। –वॉशिंगटन इरविंग

७ दुर्भाग्य की ओर वैसे ही देखें, जैसे आप सफलता को देखते हैं – दहशत में न आएँ! अपना सर्वश्रेष्ठ प्रयास करें और परिणामों को भूल जाएँ।

–वाल्ट एल्स्टन

८ ज्यादा बोलना खतरे की निशानी है। मौन विपत्ति से बचने का साधन है। बातूनी तोते को पिंजरे में बंद कर दिया जाता है, जबकि न बोलने वाले अन्य पक्षी स्वतंत्र उड़ते रहते हैं। –विष्णु शर्मा

९ बुद्धिमान व्यक्ति के लिए सबसे दुर्भाग्यपूर्ण बात यह है कि उसका कोई प्रभाव न हो। –हेरोडोटस

१० अपनी वर्तमान नियामतों पर विचार करें, जो हर इंसान के पास बहुतेरी होती हैं – अपने अतीत के दुर्भाग्यों पर विचार न करें, जो सभी लोगों के पास थोड़े होते हैं। –चार्ल्स डिकेन्स

११ हम दुर्भाग्य और सुख दोनों को ही बढा-चढाकर देखते हैं। हम कभी उतने दुर्भाग्यशाली या सुखी नहीं होते, जितना हम कहते हैं कि हम हैं। –बालजाक

१२ सौभाग्य और दुर्भाग्य एक ही कुएँ की दो बाल्टियाँ हैं। –जर्मन सूक्ति

१३ दुर्भाग्य स्वर्ग से भेजा गया नैतिक टॉनिक है।

–लेडी मार्गरीट गार्डिनर ब्लेसिंगटन

१४ यह सोचना गलत है कि दुर्भाग्य पूर्व से आते हैं या पश्चिम से आते हैं। वे तो अपने ही मन में जन्म लेते हैं। इसलिए अपने मन को अनियंत्रित छोड.देना और बाहर के दुर्भाग्यों से रक्षा करना मूर्खता है। – बुद्ध

१५ कर्म के चक्र से बँधे होने के कारण हर इंसान हजारों साल पुराना है। दुर्भाग्य से हम यह बात भूल जाते हैं। राजा और मंत्री इस बात को सबसे ज्यादा भूलते हैं, यह दुनिया का दुर्भाग्य है। –अरुण जोशी

१६ हर दुःखद घटना या समस्या में एक उपहार होता है, दुःख हमें वह उपहार देने आता है, चाहिए सिर्फ समझ और साहस, दुःख का साक्षात्कार करने के लिए, अपना उपहार पहचानने के लिए। –सरश्री

दोष

१ असल दोष यह है कि दोषों को सुधारने की कोशिश ही न की जाए।

–कन्फ्यूशियस

२ चरित्र की कमजोरी एकमात्र ऐसा दोष है, जिसे सुधारा नहीं जा सकता।

–ला रोशफूको

३ अपने किसी दोष की चेतना न होना ही सबसे बड़ा दोष है। –कार्लायल

४ अगर कोलंबस अपनी यात्रा अधूरी छोड़कर लौट जाता, तो कोई उसे दोष नहीं देता। जाहिर है, कोई उसे याद भी नहीं रखता। –अज्ञात

५ सिर्फ अपूर्णता ही अपूर्ण चीजों की शिकायत करती है – हम जितने ज्यादा आदर्श होते हैं, दूसरों के दोषों के प्रति उतने ही ज्यादा शिष्ट और शांत होते जाते हैं। – फेनेलॉन

६ दोष मत खोजो; समाधान खोजो। –हेनरी फोर्ड

७ अगर आप सुनें कि कोई आपके बारे में बुरा बोल रहा है, तो खुद का बचाव करने के बजाय आपको यह कहना चाहिए : 'जाहिर है, वह मुझे ज्यादा अच्छी तरह नहीं जानता है, क्योंकि ऐसे कई अन्य दोष हैं, जिनका वह जिक्र कर सकता था।' –एपिक्टेटस

८ निर्दोष पत्थर बनने के बजाय दोषपूर्ण हीरा बनना ज्यादा अच्छा है।

–कनफ्यूशियस

९ दोषों की मौजूदगी आने वाले विनाश की निश्चित निशानी है। –विष्णु शर्मा

१० दूसरों में सदा गुण देखें, क्योंकि जिस गुण पर आप ध्यान देते हैं, वह गुण आपमें आने लगता है– दोष भी। –सरश्री

११ जब आपके गुणों की तारीफ हो रही हो और अवगुणों की जानकारी दी जा रही हो, तब पहले अवगुणों की जानकारी इकट्ठी करें। गुणों की तारीफ तो होती रहेगी, कभी भी तारीफ के चक्कर में अपने अवगुणों पर परदा न डालें।

–सरश्री

१२ दोष दूसरों में नहीं, दोष दूसरों में है, इस विचार में दोष है। –सरश्री

धन

१. धन वह छठी इंद्रिय है, जिसके बिना आप बाकी पाँच इंद्रियों का पूरा उपयोग नहीं कर सकते। -डब्ल्यू. सॉमरसेट मॉम

२. धन भी हाथ-पैर जैसा होता है - या तो इसका उपयोग करो, वरना इसे गँवा दो। -हेनरी फोर्ड

३. धन का प्रेम ही सारी बुराई की जड़ है। -बाइबल

४. धन का अभाव ही सारी बुराई की जड़ है। -जॉर्ज बरनार्ड शॉ

५. पहला नियम : कभी पैसा मत गँवाओ। दूसरा नियम : कभी पहले नियम को मत भूलो। -वॉरेन बफेट

६. आधुनिक मनुष्य उन चीजों को खरीदने लायक पैसा कमाने के पीछे पागल है, जिनका आनंद वह व्यस्तता के कारण नहीं ले सकता। -फ्रैंक ए. क्लार्क

७. पैसा तो बस स्कोर जानने का तरीका है। -एच. एल. हंट

८. एक निश्चित बिंदु के बाद पैसा अर्थहीन हो जाता है। फिर यह लक्ष्य नहीं रह जाता। इसके बाद तो खेल महत्त्वपूर्ण होता है। -एरिस्टोटल ओनासिस

९. जब आप सही चीज करोगे, तो पैसा अपने आप आएगा। -माइकल फिलिप्स

१०. अगर आप यह जानना चाहते हैं कि ईश्वर धन के बारे में क्या सोचता है, तो उन लोगों को देखें, जिन्हें उसने पैसा दिया है। -यिदिश सूक्ति

११. पैसा तो हमेशा रहता है, बस जेब बदल जाती है। -गरट्रूड स्टीन

१२. मनुष्य को क्या लाभ होगा, यदि वह सारी दुनिया तो पा ले, लेकिन अपनी आत्मा गँवा दे? -बाइबल

१३ आत्मा के लिए आवश्यक किसी वस्तु को खरीदने के लिए धन की जरूरत नहीं होती। –थोरो

१४ जो लोग सिर्फ पैसे के लिए काम करते हैं, वे आम तौर पर नाकाम हो जाते हैं। –रॉबर्ट होम्स ए. कोर्ट

१५ अक्सर पैसे की बहुत ज्यादा कीमत चुकानी पडती है।

–रैल्फ वाल्डो इमर्सन

१६ इंसान की सच्ची दौलत चेतना (होश) है। इस चेतना की चोरी माया के ठगों द्वारा कर ली जाती है, क्योंकि माया दुनिया की सबसे बड़ी ठगनी है।

–सरश्री

१७ पैसे के प्रति आदर हो, आसक्ति न हो; पैसे के प्रति प्रेम हो, मोह न हो; पैसे के प्रति समझ हो, अज्ञान न हो; पैसे के प्रति मनन हो, चिंता न हो; पैसा इस्तेमाल करने की वस्तु हो, भगवान न हो। –सरश्री

१८ लक्ष्मी को अपने घर में आने दें पर मस्तिष्क पर सवार न होने दें। लक्ष्मी के साथ लक्ष्मी नारायण (सत्य) को भी आमंत्रित करें यानी कार में अंदर बैठें लेकिन खुद को कार न समझें। कार में रहते हुए भी कार के ऊपर रहें। अगर आप ऐसा नहीं कर पाए तो कार बेकार है।' –सरश्री

धर्म

१ दर्शन के थोड़े ज्ञान से इंसान का मन नास्तिकता की ओर झुकता है, लेकिन दर्शन की गहराई जानने पर यह धर्म की ओर मुड़ जाता है। –फ्रांसिस बेकन

२ इंसान का धर्म वह होता है, जिसमें उसकी सबसे ज्यादा रुचि होती है; आपका धर्म है सफलता। –सर जे. एम. बैरी

३ एक धर्म दूसरे जितना ही सच्चा होता है। –रॉबर्ट बर्टन

४ धर्म सिर्फ एक ही है, हालाँकि इसके सौ संस्करण हैं। –शॉ

५ धर्म घुटनों में नहीं, हृदय में होता है। –डगलस विलियम जेरोल्ड

६ अंधविश्वास कमजोर दिमाग वाले लोगों का धर्म है। –एडमंड बर्क

७ नफरत सिखाने के लिए तो हमारे पास काफी धर्म हैं, लेकिन एक-दूसरे से प्यार करना सिखाने के लिए काफी नहीं हैं। –जोनाथन स्विफ्ट

८ लोग धर्म के लिए बहस करेंगे, इस पर लिखेंगे, इसके लिए लड़ेंगे, सब कुछ करेंगे, लेकिन इसके लिए जिएँगे नहीं। –चार्ल्स केलेब कोल्टन

९ धर्म पर बात करना आसान है, अमल करना मुश्किल। – रामकृष्ण परमहंस

१० धर्मग्रंथों में बहुत सी अच्छी बातें मिलती हैं, लेकिन उन्हें पढ़ लेने भर से कोई धार्मिक नहीं बन जाता। – रामकृष्ण परमहंस

११ ईश्वर का कोई धर्म नहीं है। –महात्मा गाँधी

१२ अपने धर्म के लिए मरने मारने के लिए तैयार बहुत लोग मिलेंगे, लेकिन अपने धर्म को धारण करने वाले (जीने वाले) बहुत कम लोग मिलेंगे। –सरश्री

१३ 'अपने धर्म को कभी नहीं छोड़ना' यानी अपने स्वभाव को (जो तुम हो) नहीं छोड़ना। बाहर के कर्मकाण्ड तो मूल स्वभाव (धर्म) याद दिलाने के लिए हैं।

–सरश्री

१४ विश्व को आज नए धर्म की नहीं बल्कि एक नए धागे की आवश्यकता है, एक ऐसा धागा (सूत्र) जो हर धर्म को आपस में जोड़े। －सरश्री

धैर्य

१. वे लोग कितने गरीब हैं, जिनके पास धैर्य नहीं है। －शेक्सपियर

२. धैर्य कड़वा है, लेकिन इसका फल मीठा होता है। －रूसो

३. जो इंतजार करता है, उसके पास हर चीज आती है। －अज्ञात

४. दौड़ने से पहले हमें चलना सीखना चाहिए। －अज्ञात

५. सब्र जिंदगी के मकसद का दरवाजा खोलता है, क्योंकि सिवाय सब्र के उस दरवाजे की और कोई कुंजी नहीं है। －शेख सादी

६. मन तू धैर्य रख, सब कुछ धीरे-धीरे ही होता है। माली पौधों में चाहे कितना ही पानी डाल ले, फल तो मौसम में ही आएँगे। － कबीर

७. कुछ नहीं करना, केवल इंतजार करना धीरज नहीं है। धीरज में ताकत है। धीरज निरंतर प्रयास है, प्रहार है, धीरजवार* है जो हर मुसीबत से आपको निकाल सकता है। －सरश्री

८. बिना धीरज जुबान साँप है, क्रोध उसका जहर है। धीरज के साथ जुबान रिश्तों में शहद लाती है। －सरश्री

९. बिना धीरज आँख अंधा कुँआ है, लालच और वासना उसका दूषित जल है। धीरज संग आँख सागर है, करुणा उसकी लहरें हैं। －सरश्री

---

*धीरजवार - पत्थर पर पड़नेवाले वे निरंतर वार जो पत्थर को तोड़ देते हैं।

नजरिया

१ कोई भी चीज बुरी या अच्छी नहीं होती; हमारा नजरिया ही उसे अच्छी या बुरी बनाता है। –शेक्सपियर

२ मैं यह शिकायत कर सकता हूँ कि गुलाब की झाड़ियों में काँटे लगे हैं या फिर इस बात पर खुश हो सकता हूँ कि कँटीली झाड़ियों में गुलाब लगे हैं। सब कुछ इस बात पर निर्भर करता है कि आप इसकी ओर कैसे देखते हैं।

–जे. केनफील्ड मोर्ले

३ वे कर सकते हैं, क्योंकि वे सोचते हैं कि वे कर सकते हैं। –वर्जिल

४ हम हमेशा इस बारे में सोचते हैं कि हमारे पास क्या नहीं है। हम इस बारे में बहुत कम सोचते हैं कि हमारे पास कितना कुछ है। –शॉपेनहार

५ अगर सफलता का कोई रहस्य है, तो वह यह है कि हम किसी घटना को अपने नजरिए के साथ–साथ सामने वाले के नजरिए से भी देख सकें।

–हेनरी फोर्ड

६ अब यह सोचने का समय नहीं है कि आपके पास क्या नहीं है। अब तो बस यह सोचें कि जो कुछ भी है, उससे आप क्या कर सकते हैं। –अर्नेस्ट हेमिंग्वे

७ किसी सुंदर युवती से रोमांटिक बातें करते समय एक घंटा एक सेकंड की तरह लगता है। सुर्ख अंगारे पर एक सेकंड बैठना भी एक घंटे की तरह लगता है। यही सापेक्षता है। –अल्बर्ट आइंस्टीन

८ हम पीछे नहीं हट रहे हैं – हम तो एक दूसरी दिशा में आगे बढ.रहे हैं।

–जनरल डगलस मैक्आर्थर

९ नजरिए तथ्यों से ज्यादा महत्त्वपूर्ण होते हैं। –नॉर्मन विन्सेंट पील

१० हम क्या देखते हैं, यह मुख्यत: इस पर निर्भर करता है कि हम किस चीज की तलाश कर रहे हैं। –सर जॉन लुबॉक

११ हम सभी गटर में हैं, लेकिन हममें से कुछ सितारों को देख रहे हैं।

–ऑस्कर वाइल्ड

१२ कोई भी चीज सही मानसिक नजरिए वाले व्यक्ति को लक्ष्य तक पहुँचने से रोक नहीं सकती; इस पृथ्वी की कोई भी चीज गलत मानसिक नजरिए वाले व्यक्ति की मदद नहीं कर सकती। –थॉमस जेफरसन

१३ समस्या को समस्या समझना या चुनौती समझना, यह आपके दृष्टिकोण पर निर्भर है। वैसे समस्या विकास की सीढी भी हो सकती है। –सरश्री

१४ जिस काम को स्वीकार नहीं कर सकते, उसे देखने का नजरिया बदलें। लोग नहीं अपनी सोच बदलें, भाग्य नहीं नजरिया बदलें। –सरश्री

१५ परिवार के हर सदस्य का दृष्टिकोण चाहे अलग-अलग हो लेकिन दृष्टिलक्ष्य एक होना चाहिए। –सरश्री

निर्णय

१. कोई भी चीज इतनी मुश्किल और मूल्यवान नहीं है, जितनी कि निर्णय लेने की योग्यता।   —नेपोलियन

२. निर्णय के हर पल में सर्वश्रेष्ठ चीज है सही काम करना, अगली श्रेष्ठ चीज है गलत काम करना और सबसे बुरी चीज है कुछ नहीं करना।

—थियोडोर रूजवेल्ट

३. जो इंसान एक कदम उठाने से पहले काफी सोच-विचार करता है, वह सारी जिंदगी एक ही पैर पर खड़ा रहेगा।   —चीनी सूक्ति

४. जीवन हमें ताश के जो पत्ते देता है, उन्हें हर खिलाड़ी को स्वीकार करना होता है। लेकिन पत्ते हाथ में आने के बाद उसे यह निर्णय लेना होता है कि जीतने के लिए वह उन पत्तों से कैसे खेले।   —वॉल्टेयर

५. अनिर्णय जिसकी आदत हो, उससे दुःखी कोई इंसान नहीं।   —विलियम जेम्स

६. हम जो निर्णय सिर्फ एक ही बार ले सकते हैं, उस पर हमें खूब सोच-विचार करना चाहिए।   —पब्लिलियस साइरस

७. सावधानी से तय करें कि आप जिंदगी में क्या चाहते हैं। फिर पागलों की तरह मेहनत करें, ताकि वह चीज आपको मिल ही जाए।   —हेक्टर क्रॉफोर्ड

८. बुद्धिमान मनुष्य अपने निर्णय स्वयं लेता है; अज्ञानी जनमत का अनुसरण करता है।   —चीनी कहावत

९. जब आपको कोई चुनाव करना होता है और आप उसे नहीं करते हैं, तो यह भी एक चुनाव है।   —विलियम जेम्स

१०. जब कोई अपना जीवन सिद्धांतों की नींव पर बनाता है, तो ९९ प्रतिशत निर्णय अपने आप हो जाते हैं।   —अज्ञात

११ हम हर दिन जो दरवाजे खोलते और बंद करते हैं, उन्हीं से यह तय होता है कि हम कैसा जीवन जीते हैं। –फ्लोरा व्हिटमोर

१२ निर्णय लेना तब ज्यादा आसान हो जाता है, जब ईश्वर को प्रसन्न करने की आपकी इच्छा संसार को खुश करने की आपकी इच्छा से ज्यादा भारी होती है। –एन्सो कोट्ज़र

१३ अच्छे निर्णय अनुभव से लिए जाते हैं, और अनुभव बुरे निर्णयों से मिलता है। –अज्ञात

१४ निर्णय न लेने का निर्णय आलस की वजह से नहीं बल्कि समझ–बूझकर लें। निर्णय लेने का निर्णय आज ही लें। –सरश्री

१५ गलत निर्णय लेने के डर से निर्णय न लेना गलत निर्णय है। यदि सोचकर निर्णय नहीं लिया तो यह भी निर्णय लेना है। –सरश्री

निराशावादी

१ निराशावादी हर अवसर में कठिनाई देखता है; आशावादी हर कठिनाई में अवसर देखता है। –विन्स्टन चर्चिल

२ स्थितियाँ निराशाजनक नहीं होतीं; सिर्फ ऐसे लोग होते हैं, जो उनके बारे में निराश हो चुके हैं। –मार्शल फर्डिनन्ड फोक

३ इतिहास गवाह है कि सबसे उल्लेखनीय विजेताओं ने जीतने से पहले दिल तोड़ने वाली बाधाओं से मुकाबला किया। वे जीते इसलिए, क्योंकि वे अपनी पराजयों से हताश नहीं हुए। –बी.सी. फोर्ब्स

४ आदत पड़ने पर आपको निराशावाद भी उतना ही अच्छा लगने लगता है, जितना कि आशावाद। –अरनॉल्ड बेनेट

५ पेंसिल सात इंच लंबी होती है और रबड़ आधा इंच – इससे पता चलता है कि आशावाद मरा नहीं है। –रॉबर्ट ब्रॉल्ट

६ निराशावादी बादलों का स्याह पहलू ही देखता है; दार्शनिक दोनों पहलू देखता है और कंधे उचका देता है; आशावादी को बादल दिखते ही नहीं हैं – वह तो उन पर चलता है। –लियोनार्ड लुइस लेविन्सन

७ हो सकता है कि लंबे समय में निराशावादी सच साबित हो, लेकिन आशावादी को यात्रा में ज्यादा मजा आता है। –डेनियल एल. रियरडन

८ निराशावादी को जब दो बुराइयों का विकल्प दिया जाता है, तो वह दोनों को चुन लेता है। –ऑस्कर वाइल्ड

९ निराशावाद कमजोरी की ओर ले जाता है; आशावाद शक्ति की ओर।

–विलियम जेम्स

१० आशावादी हर जगह हरी रोशनी देखता है, जबकि निराशावादी सिर्फ लाल

स्टॉपलाइट देखता है... सचमुच समझदार व्यक्ति कलर ब्लाइंड होता है।

–अल्बर्ट श्वेट्ज़र

११ निराशावाद ने आज तक कभी कोई युद्ध नहीं जीता।

–ड्वाइट डेविड आइजनहॉवर

१२ आशावादी और निराशावादी दोनों ही हमारे समाज में योगदान देते हैं। आशावादी हवाई जहाज का आविष्कार करता है और निराशावादी पैराशूट का। –जी. बी. स्टर्न

१३ निराशावादी वह होता है, जो अवसर के दस्तक देने पर आवाज की शिकायत करता है। –ऑस्कर वाइल्ड

१४ शरीर दुःख है अगर ज्ञान नहीं, मन दुःख है अगर निराश है, बुद्धि दुःख है यदि समझ नहीं। –सरश्री

१५ आप किसी भी बड़े पद पर पहुँचें, तब भी आपसे कोई आगे होगा इसलिए तोलू मन की तुलना से बचें। तुलना का तोता सदा निराशा के नाग को जन्म देता है। निराशा का नाग आशा की बीन से काबू में लाया जा सकता है।

–सरश्री

नौकरी

१. किसी नौकरी का कोई भविष्य नहीं होता। भविष्य तो नौकरी करने वाले का होता है।
—जॉर्ज क्रेन

२. किसी आला दर्जे के व्यक्ति को चौथे दर्जे की नौकरी में रोकना लगभग उतना ही मुश्किल है, जितना कि चौथे दर्जे के व्यक्ति को आला दर्जे की नौकरी में।
— पॉल एच. डन

३. अगर हममें से हर व्यक्ति खुद से छोटे लोगों को नौकरी पर रखता जाए, तो यह बौनों की कंपनी बन जाएगी।
—डेविड ओगिल्वी

४. जो लोग बिना बताए काम करते हैं, उन्हें ही सबसे ज्यादा तनख्वाह मिलती है।
—एडविन एच. स्टुअर्ट

५. पूरे दिल से काम करेंगे, तो आपकी सफलता तय है – यहाँ बहुत कम प्रतिस्पर्धा है।
—अल्बर्ट हबार्ड

६. अगर किसी काम में दो लोग हमेशा सहमत होते हैं, तो एक बेकार है। अगर दोनों हमेशा असहमत होते हैं, तो दोनों बेकार हैं।
—डेरिल एफ. जानुक

७. यदि आप अच्छी मिसाल नहीं बन सकते, तो आप एक भयंकर चेतावनी बनकर रह जाएँगे।
—विन्स्टन चर्चिल

८. हमें ऐसे इंसान की जरूरत है जो अपना काम करते समय गुनगुनाए।
—थॉमस कार्लायल

९. वही काम करो, जिसे आप उत्कृष्ट अंदाज में कर सकते हों। औसत प्रदर्शन के लिए कभी कोई पुरस्कार नहीं मिलता।
—ब्रायन ट्रेसी

१०. जब लोग नौकरी करने जाते हैं, तो उन्हें अपना दिल घर पर छोड़कर नहीं जाना चाहिए।
—बेट्टी बेंडर

११ अगर अमेरिका में बेरोजगारी है, तो इसलिए है, क्योंकि बेरोजगार काम नहीं करना चाहते। –हेनरी फोर्ड

१२ कोई भी काम घटिया नहीं होता, घटिया सिर्फ नजरिया होता है।

–विलियम जे. बेनेट

१३ वह काम चुनो, जिससे तुम्हें प्रेम हो और तुम्हें जिंदगी में एक दिन भी काम नहीं करना पड़ेगा। –कनफ्यूशियस

१४ काम उतना ही फैल जाता है, जितना इसके लिए समय होता है।

–सी. नॉर्थकोट पार्किन्सन

१५ मुझे उस आदमी पर तरस आता है, जो अपने काम के बारे में रोमांचित नहीं हो सकता। न सिर्फ वह कभी संतुष्ट रहेगा, बल्कि कभी कोई सार्थक चीज भी नहीं कर पाएगा। –वाल्टर क्राइस्लर

१६ अपनी नौकरी का महत्व पहचानने का सर्वश्रेष्ठ तरीका यह कल्पना करना है कि आपके पास नौकरी नहीं है। –ऑस्कर वाइल्ड

१७ खुद से पूछें, 'अगर सभी नौकरियों में २ डॉलर प्रति घंटे तनख्वाह मिले, तो मैं कौन सा काम करूँगा?' जब आप उस सवाल का जवाब दे लें, तो उसे करना शुरू कर दें, भले ही आपको शुरुआत में वह काम मुफ्त करना पड़े।

–ग्रेग एल्ड्रिक

१८ कड़ी मेहनत से आज तक किसी की मौत नहीं हुई, लेकिन फिर भी जोखिम क्यों लेना? –एडगर बर्गेन

१९ लगातार चलती चींटी ऊँघते बैल से ज्यादा काम कर लेती है। –लाओ त्से

२० तनख्वाह दिमाग और हाथ होने के लिए नहीं मिलती, बल्कि इनके इस्तेमाल के लिए मिलती है। –अल्बर्ट हबार्ड

२१ जिसके पास हुनर अथवा कोई कला है, उसे अकारण किसी व्यक्ति से डरने की जरूरत नहीं है। मालिक नौकरी से किसी को निकाल सकता है, लेकिन उसे उसके हुनर और विद्या से अलग नहीं कर सकता। जैसे हंस से कोई पानी

से दूध को अलग करने की कला छीन नहीं सकता। −सरश्री

२२ इंसान की खुशी और आनंद की भूख को केवल ईश्वर ही संतुष्ट कर सकता है। दुनिया की बाकी चीजों से इंसान अस्थाई खुशी तो प्राप्त कर लेता है परंतु स्थाई खुशी पाने के लिए उसे ईश्वर की नौकरी करने का तरीका सीखना होगा। −सरश्री

 # पराजय

१. पराजय क्या है? यह शिक्षा के सिवा कुछ नहीं है। किसी बेहतर चीज की दिशा में पहला कदम।
—वेंडेल फिलिप्स

२. जिसने भी कहा है, 'हार या जीत महत्त्वपूर्ण नहीं है,' वह शायद हारा था।
—मार्टिना नवरातिलोवा

३. इंसान पराजय के लिए नहीं बना है... मनुष्य को नष्ट किया जा सकता है, पराजित नहीं।
—अर्नेस्ट हेमिंग्वे

४. बिना निराश हुए पराजय सह लेना पृथ्वी पर साहस की सबसे बडी परीक्षा है।
—इंगरसोल

५. विजेता कभी हौसला नहीं हारते और हौसला हारने वाले कभी नहीं जीतते।
—विन्स लॉम्बार्डी

६. सिद्धांतों पर चलकर पराजित होना झूठ के दम पर जीतने से अच्छा है।
—आर्थर काल्वेल

७. विजय की तरह ही पराजय भी सबक सिखाती है।   —पैट बुखानन

८. विजय के हजार पिता होते हैं, जबकि पराजय अनाथ होती है।
—जे. एफ. केनेडी

९. यदि आप पराजय से सीख सकें, तो आप दरअसल हारे नहीं हैं।
—जिग जिग्लर

१०. हर विपत्ति में उसके समान लाभ का बीज छिपा होता है। हर पराजय में एक सबक छिपा होता है, जो आपको अगली बार जीतने का तरीका सिखाता है।
—रॉबर्ट कॉलियर

११ जीवन का अर्थ संघर्ष में होता है। विजय या पराजय तो देवताओं के हाथ में होती है। इसलिए आइए हम संघर्ष का जश्न मनाएँ। −स्टेवी वंडर

१२ पराजय से मनुष्य खत्म नहीं होता − मैदान छोड़ने से होता है।

− रिचर्ड एम. निक्सन

१३ जब पराजय अनिवार्य है, तो झुक जाने में ही सबसे ज्यादा समझदारी होती है। −क्विंटिलियन

१४ नकारात्मक भावना आपको चुंबक से पीतल बना देती है। चुंबक उज्ज्वल भविष्य का निर्माता है, तो पीतल पराजय का जन्मदाता है। −सरश्री

१५ आपको कभी एक चीज से नहीं हारना है − हार से नहीं हारना है क्योंकि हार विजय का सबक है। −सरश्री

परिणाम

१. प्रकृति में न तो पुरस्कार होते हैं, न ही दंड – बस परिणाम होते हैं।
 —रॉबर्ट ग्रीन इंगरसोल

२. जब आप कोई काम चुनते हैं, तो आप उसके परिणाम भी चुनते हैं।
 —लुइस मैकमास्टर बुजोल्ड

३. कभी कोई काम न करें, जब तक कि आप स्पष्टता से इस सवाल का जवाब न दे दें : 'अगर मैं कुछ न करूँ, तो क्या होगा?' —रॉबर्ट ब्रॉल्ट

४. गरीबी, रोग, दु:ख, जेल और विपत्ति ये सभी इंसान के कर्मों के फल हैं।
 —पंचतंत्र

५. कोई भी काम शुरू करने से पहले हमेशा खुद से तीन सवाल पूछें – 'मैं इसे क्यों कर रहा हूँ, परिणाम क्या हो सकते हैं और क्या मुझे सफलता मिलेगी?' गहराई से सोच-विचार करके जब आप इन सवालों के संतोषजनक जवाब खोज लें, तभी आगे बढ़ें। — चाणक्य

६. कार्य कैसा ही क्यों न हो, बुद्धिमान लोगों को पहले ही उसके गुण-दोष और परिणाम का विचार भली भाँति कर लेना चाहिए, क्योंकि बिना विचार और शीघ्रता से किए गए कार्य का फल मरते दम तक मनुष्य के हृदय को दु:खी करता रहता है। — भर्तृहरि

७. सफल लोग बेहतर सवाल पूछते हैं, परिणामस्वरूप उन्हें बेहतर जवाब मिलते हैं। —एंथनी रॉबिन्स

८. महान उपलब्धि अकसर महान त्याग से मिलती है; यह कभी स्वार्थ का परिणाम नहीं होती। —नेपोलियन हिल

९   हममें से कुछ लोग अपना काम अच्छी तरह करेंगे, कुछ नहीं करेंगे, लेकिन हमारा मूल्यांकन सिर्फ एक ही चीज के आधार पर होगा – परिणाम।

－विन्स लॉम्बार्डी

१० सफलता एक विज्ञान है; जब आप परिस्थितियाँ तैयार कर लेते हैं, तो आपको परिणाम मिलता है।   －ऑस्कर वाइल्ड

११ सफलता का कोई रहस्य नहीं है। यह तो तैयारी, कड़ी मेहनत और असफलता से सबक सीखने का परिणाम है।   －कॉलिन पॉवेल

१२ इंसान प्रयास करता है और उसे परिणाम मिलते हैं; और परिणाम प्रयास की शक्ति के अनुरूप ही मिलते हैं।   －जेम्स एलन

१३ गुणवत्ता कभी संयोग से नहीं आती। यह हमेशा बुद्धिमत्तापूर्ण प्रयास का परिणाम होती है।   －जॉन रस्किन

१४ आँसू और पसीना दोनों नमकीन होते हैं, लेकिन उनके परिणाम भिन्न हैं। आँसुओं से सहानुभूति मिलेगी और पसीने से परिस्थिति बदल जाएगी।

－जेसी जैक्सन

१५ खुशी पुरस्कार नहीं है – यह तो परिणाम है। कष्ट सजा नहीं है – यह नतीजा है।   －रॉबर्ट ग्रीन इंगरसोल

१६ पागलपन की परिभाषा है वही काम बार-बार करना और भिन्न परिणामों की आशा करना।   －जॉर्ज संतायन

१७ हम जो कर्म करते हैं, उसका फल (परिणाम) हमें नहीं मिलता है, बल्कि हम जो भी कार्य करते हैं, उसके पीछे जो भाव होता है, उसका फल हमें मिलता है।   －सरश्री

१८ कर्म करो और फल की इच्छा सोर्स (ईश्वर) से करो। कर्म करो और फल की इच्छा केंद्र (सेंटर) से करो। कर्म करो और फल की इच्छा चैनल (लोगों) से मत करो, कर्म करो और महाफल की इच्छा करो।   －सरश्री

परिवर्तन

१ परिवर्तन आम तौर पर वह चीज है, जो हम सामने वाले में देखना चाहते हैं।

–लुइस एल. हे

२ परिवर्तन के बिना प्रगति असंभव है, और जो लोग अपने दिमाग को नहीं बदल सकते, वे किसी चीज को नहीं बदल सकते। –जॉर्ज बरनार्ड शॉ

३ चीजें नहीं बदलती हैं; बदलते तो हम हैं। –थोरो

४ कोई भी उसी नदी में दो बार कदम नहीं रख सकता। –हेराक्लिटस

५ दुनिया बहुत तेजी से बदल रही है। अब बड़े छोटों को नहीं हराएँगे; अब तो तेज धीमों को हराएँगे। –रूपर्ट मरडॉक

६ परिवर्तन असुविधा के बिना नहीं होता है, चाहे यह बुरे से भले के लिए ही क्यों न हो। –रिचर्ड हुकर

७ लोग नहीं बदलते हैं। सिर्फ उनकी पोशाकें बदलती हैं। –जीन मूर

८ अगर आपको कोई चीज पसंद नहीं है, तो उसे बदल दें; अगर आप उसे नहीं बदल सकते, तो अपने सोचने का तरीका बदल लें। –मैरी एंजेलब्रीट

९ कोई कारण नहीं है कि किसी इंसान को अठारह और अड़तालीस साल की उम्र में वही पुस्तकें पसंद आएँ। –एजरा पाउंड

१० सबसे दु:खी लोग ही परिवर्तन से सबसे ज्यादा घबराते हैं।

–मिग्नॉन मैकलॉफ् लिन

११ परिवर्तन में कोई बुराई नहीं है, अगर यह सही दिशा में हो।

–विन्स्टन चर्चिल

१२ जब आप खुद को बदलना खत्म कर देते हैं, तो आप भी खत्म हो जाते हैं।

-बेंजामिन फ्रैंकलिन

१३ हर व्यक्ति दुनिया बदलने के बारे में सोचता है, लेकिन खुद को बदलने के बारे में कोई नहीं सोचता। -लियो टॉल्स्टॉय

१४ निर्णय लेते ही इंसान को बदलना पड़ता है, और इंसान बदलाव को स्वीकार नहीं करता, इसलिए वह निर्णय लेना टालता है। -सरश्री

१५ विश्व बदलना है तो लोगों के विचार बदलो, क्योंकि विचार बदलने से भाव, वाणी, क्रिया अपने आप बदलने लगते हैं। -सरश्री

 # परिस्थिति

१. मनुष्य परिस्थितियों का दास नहीं, उनका स्वामी है। -बेंजामिन डिजराइली

२. महान इंसान नहीं, चुनौतियाँ होती हैं, जो साधारण लोगों को परिस्थितियों से मुकाबला करने के लिए विवश कर देती हैं। -विलियम एफ. हाल्से

३. लोग हमेशा अपनी परिस्थितियों को दोष देते हैं। मैं परिस्थितियों में विश्वास नहीं करता। जो लोग इस दुनिया में आगे निकलते हैं, वे ऐसे लोग हैं, जो उठकर अपनी मनचाही परिस्थितियों की तलाश करते हैं और अगर उन्हें वैसी परिस्थितियाँ नहीं मिलतीं, तो वे उन्हें बना लेते हैं। -जॉर्ज बरनार्ड शॉ

४. ईश्वर चुनता है कि हम किन परिस्थितियों से गुजरेंगे; हम चुनते हैं कि हम उन परिस्थितियों से कैसे गुजरेंगे। -विक्टर फ्रैंकल

५. परिस्थितियाँ इंसान के नियंत्रण से बाहर होती हैं, लेकिन हमारा व्यवहार हमेशा हमारे नियंत्रण में होता है। -बेंजामिन डिजराइली

६. हे ईश्वर मुझे उन परिस्थितियों को स्वीकार करने की शांति दो, जिन्हें मैं बदल नहीं सकता, उन्हें बदलने का साहस दो जिन्हें मैं बदल सकता हूँ और इनमें फर्क समझने की बुद्धि दो। -रीनहोल्ड नीबर

७. केवल उन्होंने ही बड़े काम किए हैं, जिनमें यह विश्वास करने का हौसला था कि उनके भीतर की कोई चीज परिस्थितियों से श्रेष्ठ थी। -ब्रूस बार्टन

८. कोई यदि सतत अपने आपको हर परिस्थिति में देखना शुरू कर दे, तो बहुत जल्द वह एक नया इंसान बन जाएगा। -सरश्री

९. जीवन की दशा बदलनी है, तो कर्म की दिशा बदलें। -सरश्री

पहल

१. दूरी का कोई महत्व नहीं है; मुश्किल तो सिर्फ पहला कदम होता है।
   – मार्किस डे डेफेन्ड

२. हजार मील लंबी यात्रा भी एक कदम से शुरू होती है।   – लाओ त्से

३. जो दुनिया को हिलाना चाहता है, सबसे पहले उसे खुद हिलना चाहिए।
   – सुकरात

४. जो भी इंसान नहाता है, उसके मन में एक न एक विचार जरूर आता है। परंतु वही व्यक्ति कुछ कर पाता है, जो नहाकर शरीर पोंछता है और उस विचार पर अमल करता है।   – नॉर्मन बुशनेल

५. आगे बढ़ने का रहस्य है प्रारंभ करना। प्रारंभ करने का रहस्य है जटिल, भयावह कामों को छोटे-छोटे, सरल कामों में बाँटना और फिर पहले काम से प्रारंभ करना।   – मार्क ट्वेन

६. सफलता के नियम तब तक काम नहीं करेंगे, जब तक कि आप काम नहीं करेंगे।   – अज्ञात

७. सीमित सोच की वजह से इंसान कार्य की शुरुआत ही नहीं कर पाता। शुरुआत कर लेने के बाद उसे पता चलता है कि कार्य उतना कठिन नहीं था, जितना उसने सोचा था। कठिनाइयों को पार करने की योग्यता इंसान में पहले से ही दी गई है।   – सरश्री

८. सफल इंसान सफलता पाने पर रुक नहीं जाता, वह सदा आगे की संभावना पर कार्य करता है। इससे दो लाभ मिलते हैं – पहला नई संभावना का दर्शन मिलता है। दूसरा पीछे फिसलने का खतरा टल जाता है।   – सरश्री

९. जो सच्चा लीडर है, वह बताता नहीं, करके दिखाता है, पहल करता है।
   – सरश्री

१०. पहले पहले पहला लाओ, पहले पहेली यह सुलझाओ कि पहले तुम आए या तुम्हारा शरीर।
－सरश्री

पुस्तक

१ कोई भी पुस्तक इतनी बुरी नहीं होती कि उससे कुछ बहुमूल्य न सीखा जा सके । –प्लिनी

२ अच्छी पुस्तक वह होती है, जो उम्मीद के साथ खोली जाती है और खुशी एवं लाभ के साथ बंद की जाती है। –ए. बी. एल्कॉट

३ कुछ पुस्तकें स्वाद के लिए होती हैं, कुछ निगलने के लिए और बहुत कम ऐसी होती हैं कि उन्हें चबाया और पचाया जाए। –बेकन

४ पुस्तकालय न हों, तो हमारे पास क्या रहेगा? न अतीत रहेगा, न ही भविष्य। –रे ब्रैडबरी

५ पुस्तकें खरीदना अच्छी बात है, बशर्ते कोई उन्हें पढने का समय भी खरीद सके : लेकिन आम तौर पर गलती से पुस्तकें खरीदने को पढना मान लिया जाता है। –आर्थर शोपेनहॉर

६ पढना मस्तिष्क के लिए वैसा ही है, जैसा शरीर के लिए व्यायाम।

–सर रिचर्ड स्टील

७ शिक्षा ने बहुत से लोगों को पढने में तो समर्थ बनाया है, लेकिन यह पहचानने में असमर्थ बना दिया है कि पढने लायक क्या है। –जॉर्ज मैकॉले ट्रेवेलियन

८ जो इंसान अच्छी पुस्तकें नहीं पढता है, वह उस व्यक्ति से बेहतर नहीं है, जो उन्हें पढ ही नहीं सकता। –मार्क ट्वेन

९ मेरे लिए पुस्तकें जीवन की सभी निराशाओं की अचूक दवा रही हैं। मैं ऐसी किसी मुश्किल के बारे में नहीं जानता, जिसे एक घंटे पढकर दूर न किया जा सके। –चार्ल्स मॉन्टेस्क्यू

१० पुस्तकें जलाने से भी ज्यादा बुरे अपराध होते हैं। उनमें से एक है उन्हें न पढना। –जोसेफ ब्रॉडस्की

११ कोई भी फर्नीचर पुस्तकों जितना आकर्षक नहीं होता। –सिडनी स्मिथ

१२ पुस्तकें विश्व की खिड़कियाँ हैं। –लॉयड कोल

१३ पाठक बहुत से होते हैं; चिंतक बहुत थोड़े। –हैरियट मार्टिनाउ

१४ आपकी सबसे ज्यादा मदद वे पुस्तकें करती हैं, जो आपको सबसे ज्यादा सोचने पर मजबूर करती हैं। –थियोडोर पार्कर

१५ साहित्य और पत्रकारिता में यह फर्क है कि पत्रकारिता पढऩे योग्य नहीं होती और साहित्य पढा नहीं जाता। –ऑस्कर वाइल्ड

१६ दुनिया की सर्वोत्तम पुस्तक 'जीवन' है, जिसे पढऩे के लिए आपको शरीर मिला है। –सरश्री

१७ पुस्तकें अच्छी मित्र बन सकती हैं यदि उनका चयन समझदारी से किया जाए। जिन्हें पुस्तकें पढऩे का शौक होता है, वे कभी बोर और अकेले नहीं होते। –सरश्री

प्रगति/विकास

१ तार्किक व्यक्ति दुनिया के हिसाब से खुद को ढाल लेता है; अतार्किक व्यक्ति दुनिया को अपने हिसाब से ढालने की कोशिश करता रहता है। इसीलिए सारी प्रगति अतार्किक व्यक्ति पर ही निर्भर करती है। –जॉर्ज बरनार्ड शॉ

२ बेचैनी असंतोष की निशानी है और असंतोष प्रगति की पहली आवश्यकता है। आप मुझे पूरी तरह संतुष्ट इंसान दिखा दीजिए – और मैं आपको पूरी तरह असफल इंसान दिखा दूँगा। –थॉमस एडिसन

३ असंतोष किसी मनुष्य या राष्ट्र की प्रगति में पहला कदम है। –ऑस्कर वाइल्ड

४ हमेशा अल्पमत ही प्रगति की कुंजी थामे रहता है। जो लोग अलग होने से नहीं घबराते, वे ही मानव समाज की प्रगति के लिए उत्तरदायी होते हैं।

–रेमंड बी. फॉस्डिक

५ सबसे तेज यात्रा वही करता है, जो अकेला चलता है। –रूडयार्ड किपलिंग

६ इंसान का बाहरी व्यवहार दिखाई देता है, लेकिन अंदर का व्यवहार लोगों को दिखाई नहीं देता। इसी वजह से इंसान का आंतरिक विकास जल्दी नहीं होता। –सरश्री

७ समस्या कभी अकेले नहीं आती, समस्या के साथ जो आता है, वह विकास का कारण बनता है। –सरश्री

प्रशंसा

१ हम हमेशा उन लोगों को पसंद करते हैं, जो हमारी प्रशंसा करते हैं, लेकिन हम हमेशा उन लोगों को पसंद नहीं करते, जिनकी हम प्रशंसा करते हैं।

–ला रोशफूको

२ जैसा यूनान के लोग कहते थे, चापलूसी करना तो बहुतों को आता है, लेकिन प्रशंसा करने का तरीका कम ही लोग जानते हैं। –वेंडेल फिलिप्स

३ लोगों की चापलूसी करना उनकी प्रशंसा करने से ज्यादा सरल होता है।

–जीन पॉल रिक्टर

४ दोष भूसे की तरह सतह पर आ जाते हैं। मोती खोजने वाले को नीचे गोता लगाना होगा। –जॉन ड्राइडन

५ मैं यह नहीं चाहता कि लोग यह पूछें कि मेरी प्रतिमा क्यों लगाई गई। इसके बजाय मैं तो चाहूँगा कि लोग यह पूछें कि मेरी प्रतिमा क्यों नहीं लगाई गई?

–केटो

६ मूर्ख इंसान प्रशंसा पाने के लिए अपनी कमजोरी को छिपाकर, अपने छोटे गुणों को बढा-चढाकर सबको बताता है। जबकि दूसरों के बड़े गुण भी उसे कुछ खास नहीं लगते। –सरश्री

७ जब तक आपको अपनी तारीफ प्यारी और दूसरों की तारीफ बुरी लगती है, तब तक आपने लोक व्यवहार नहीं सीखा है। –सरश्री

प्रेम

१   प्रेम के बिना जीवन वैसा ही है, जैसे फल-फूल के बिना वृक्ष।
   -खलील जिब्रान

२   प्रेम एक ऐसा खेल है, जिसे दो लोग खेल सकते हैं और दोनों ही जीत सकते हैं।   - इवा गेबर

३   पुरुष का प्रेम उसके जीवन का सिर्फ एक हिस्सा होता है; स्त्री का तो यह पूरा जीवन होता है।   -बायरन

४   हृदय के अपने तर्क होते हैं, जिनके बारे में दिमाग कुछ नहीं जानता।
   -ब्लेज पास्कल

५   स्वयं से प्रेम करना आजीवन रोमांस की शुरुआत है।   -ऑस्कर वाइल्ड

६   जो प्रेम के लिए यात्रा करता है, उसे हजार मील भी एक मील की तरह लगते हैं।   -जापानी सूक्ति

७   प्रेम बिना किसी तलवार के अपने साम्राज्य पर शासन करता है।   -सूक्ति

८   सच्चे प्रेम में आप सामने वाले की भलाई हासिल करना चाहते हैं। रोमांटिक प्रेम में आप सामने वाले को हासिल करना चाहते हैं।   -मार्गरिट एंडरसन

९   अगर आपके पास प्रेम है, तो आपको किसी दूसरी चीज की जरूरत नहीं है, और अगर आपके पास यह नहीं है, तो इससे ज्यादा फर्क नहीं पड़ता कि आपके पास बाकी क्या है।   -जेम्स बैरी

१० जो प्रेम नहीं करता, वह ईश्वर को नहीं जानता; क्योंकि ईश्वर प्रेम है।   -बाइबल

११ प्रेम हर बोझ को हल्का बना देता है।   -थॉमस केंपिस

१२ प्रेम का अर्थ एक-दूसरे को निहारना नहीं है, बल्कि एक साथ एक ही दिशा में बाहर देखना है।   -एंटॉइन डे सेंट-एग्जुपरी

१३ प्रेम दो ह्रदयों के बीच का पुल है। –अज्ञात

१४ अगर हमें पता चले कि हम जो भी कहना चाहते हैं, उसे कहने के लिए हमारे पास सिर्फ पाँच मिनट ही बचे हैं, तो हर टेलीफोन बूथ पर लोग दूसरों को यही कहेंगे कि वे उनसे प्रेम करते हैं। –अज्ञात

१५ रूठना प्रेम का नमक है, लेकिन ज्यादा होने पर स्वाद किरकिरा हो जाता है।

–तिरुवल्लुवर

१६ प्यार की गिरफ्त में होना महज एक लगातार बनी रहने वाली मदहोशी है – इस गलतफहमी में होना कि एक साधारण सा युवक कोई ग्रीक देवता है और एक साधारण सी युवती कोई देवी। –एच.एल. मेंकन

१७ प्रेम का मार्ग बहुत सँकरा होता है, उसमें दो लोग एक साथ नहीं चल सकते। यदि अहं रहता है, तो हरि नहीं रह सकता, यदि हरि है, तो अहं नहीं रह सकता। –कबीर

१८ जब आप कोई चीज दूसरों से छीन रहे हैं, तो वह संघर्ष है, जब कोई चीज दूसरों को बेशर्त दे रहे हैं, तब वह असली प्रेम है। –सरश्री

१९ प्रेम से प्रेम भक्ति है, भक्ति की शक्ति से मुक्ति है। –सरश्री

२० जब आप प्रेम देने लगते हैं, तब आपको बढ़कर मिलने लगता है। प्रेम में लोग लेने की इच्छा के कारण प्रेम खो देते हैं। –सरश्री

प्रेरणा

१. महान कम्पोजर प्रेरित होने के कारण काम करने नहीं बैठता। वह तो प्रेरित ही इसलिए होता है, क्योंकि वह काम कर रहा होता है। बीथोवन, वैगनर, बाख और मोजार्ट हर दिन अपना काम करने उतनी ही नियमितता से बैठे, जितनी नियमितता से कोई अकाउंटेंट हर दिन हिसाब-किताब मिलाने के लिए बैठता है। प्रेरणा का इंतजार करने में उन्होंने अपना समय बर्बाद नहीं किया।

−अर्नेस्ट न्यूमैन

२. हमें सिखाया जाना चाहिए कि किसी चीज को शुरू करने के लिए प्रेरणा का इंतजार कभी न करें। कर्म हमेशा प्रेरणा देता है। प्रेरणा कभी-कभार ही कर्म को उत्पन्न करती है। −फ्रैंक टिबोल्ट

३. प्रेरणा कभी भी लंबी सगाई नहीं करती; वह तो कर्म के साथ तत्काल विवाह चाहती है। −ब्रेंडन फ्रांसिस

४. कुंठित प्रेम कई महान कार्यों की प्रेरणा रहा है। −जॉन एन. मिचेल

५. प्रेरणा : जब आप यह नहीं जानते कि आप क्या कर रहे हैं, लेकिन इसके बावजूद आपका काम सर्वश्रेष्ठ होता है। −रॉबर्ट ब्रेसन

६. मैं किसी मधुमक्खी को आपको काटने के लिए प्रेरित नहीं कर सकता, अगर उसके पास डंक ही न हो। मैं किसी साँप को आपको काटने के लिए प्रेरित नहीं कर सकता, यदि उसके पास दाँत ही न हों। आप सिर्फ लोगों के भीतर से वही निकाल सकते हैं, जिसमें वे सक्षम हों। −ब्रायन क्लफ

७. प्रेरणा दिमाग का आहार है। आप एक बार में जिंदगी भर की खुराक नहीं ले सकते। इसे नियमित रूप से ग्रहण करने की जरूरत होती है। −पीटर डेवीज

८. लोग अक्सर कहते हैं कि प्रेरणा कायम नहीं रहती। लेकिन स्नान भी तो नहीं रहता − इसीलिए हम इसे हर दिन करने की सलाह देते हैं। −जिग जिग्लर

९ गलती सुधारने से काफी कुछ होता है, लेकिन प्रोत्साहित करने से उससे भी ज्यादा होता है। –गेटे

१० डेडलाइन सबसे बड़ी प्रेरणा है। –नोलन बुशनेल

११ प्रोत्साहन के कुछ शब्द कई बार किसी की असफलता या सफलता के तराजू का संतुलन बदल देते हैं। –अज्ञात

१२ मैं इससे ज्यादा उत्साहवर्धक तथ्य के बारे में नहीं जानता कि मनुष्य में सचेतन प्रयास से अपने जीवन को ऊपर उठाने की संदेहरहित योग्यता होती है।

–थोरो

१३ रचनात्मकता इतना नाजुक फूल होता है कि प्रशंसा इसे खिला देती है, जबकि निरुत्साहित करने से यह अक्सर कली रूप में ही नष्ट हो जाता है। यदि हमारे प्रयासों को सराहा जाए, तो हममें से हर व्यक्ति ज्यादा और बेहतर विचार सामने रखेगा। –अलेक्स एफ. ओसबोर्न

१४ हमें सबसे ज्यादा जरूरत ऐसे व्यक्ति की है, जो हमें वह बनने के लिए प्रेरित करे, जैसे हम बन सकते हैं। –इमर्सन

१५ प्रेम से कहा गया एक शब्द भी किसी के लिए प्रेरणा बन सकता है। यह प्यार भरा संकेत आपके और दूसरों के जीवन में आनंद ला सकता है। –सरश्री

१६ महापुरुषों के जीवन चरित्र पढक़र प्रेरणा की शक्ति जगाइए। प्रेरणा की शक्ति से असंभव संभव होता है। –सरश्री

बच्चे

१ हम अपने बच्चों के लिए दो स्थायी विरासत छोड़ सकते हैं : एक है जड़ें, दूसरी हैं पंख। –हॉडिंग कार्टर

२ हम अपने बच्चों के जीवन के शुरुआती बारह महीने उन्हें चलना और बोलना सिखाने में लगाते हैं और अगले बारह उन्हें यह बताने में कि वे चुपचाप बैठे रहें। –फिलिस डिलर

३ यह चिंता न करें कि बच्चे कभी आपकी बात नहीं सुनते; चिंता तो इस बात की करें कि वे हमेशा आपको देख रहे हैं। –रॉबर्ट फुलहम

४ अपने बच्चों पर खर्च करने के लिए सबसे अच्छी चीज है आपका समय।

–लुइस हार्ट

५ आज से सौ साल बाद इस बात का महत्व नहीं रहेगा कि मेरा बैंक अकाउंट क्या था, मैं कैसे घर में रहता था या किस तरह की कार चलाता था... लेकिन दुनिया बदल सकती है, क्योंकि मैं एक बच्चे के जीवन में महत्त्वपूर्ण था।

–फॉरेस्ट ई. विटक्राफ्ट

६ एक बच्चे की आँखों में दुनिया के सात चमत्कार नहीं होते; सात करोड़ चमत्कार होते हैं। –वाल्ट स्ट्रेघटिफ

७ बालिग भी बच्चे ही होते हैं, अंतर यह है कि वे पैसे कमाते हैं। –केनेथ ब्रेनाघ

८ बच्चे गीली सीमेंट जैसे होते हैं। जो भी उन पर गिरता है, अपनी छाप छोड़ जाता है। –डॉ. हेम गिनोट

९ हम बचपन और वयस्कता की सूक्ष्म रेखा को तब तक पार नहीं करते, जब तक कि हम यह कहना नहीं छोड़ देते, 'यह खो गई' और यह कहना शुरू नहीं कर देते, 'मैंने इसे खो दिया।' –सिडनी हैरिस

१० अगर आप अपनी संतान को सिर्फ एक ही तोहफा दे सकें, तो उत्साह का तोहफा दें। 　　　　　　　　　　　　　　　　　　　　　　　–ब्रूस बार्टन

११ हर शिशु इस संदेश के साथ आता है कि ईश्वर अभी मनुष्य से हताश नहीं हुआ है। 　　　　　　　　　　　　　　　　　　　　　　　–रवीन्द्रनाथ टैगोर

१२ बच्चों के पास न तो भूत होता है, न ही भविष्य। वे तो बस वर्तमान का आनंद लूटते हैं, जो हममें से बहुत कम लोग कर पाते हैं। 　　　　　–ला ब्रूयर

१३ अगर सचमुच आप चाहते हैं कि आपका बच्चा पूर्ण तैयार होकर संसार में कदम रखे, तो आपको एक सुपरहिट फिल्म की तरह उसे तैयार करना होगा, डेव्हलप करना होगा। फिर जब वह विकसित (प्रकाशित) होगा, रिलीज होगा, तब लोग आश्चर्य करेंगे कि इतने गुण एक इंसान के अंदर कैसे आ सकते हैं।

　　　　　　　　　　　　　　　　　　　　　　　–सरश्री

१४ बच्चा जब चलना सीखता है तब वह कई सारी ठोकरें खाता है, गिरता है, सँभलता है, उठता है। हमें भी बच्चे से सीखना है। हर ठोकर से सीखना है। गिरकर उठना है और खाली हाथ नहीं उठना है बल्कि कुछ लेकर ही उठना है। 　　　　　　　　　　　　　　　　　　　　　　　–सरश्री

१५ अपने बच्चों को वस्तु न समझें बल्कि एक जीवंत चैतन्य समझें, जो हर प्राणी के अंदर है, जिसे हम ईश्वर कहते हैं। 　　　　　　–सरश्री

 # बहाना

१ जो व्यक्ति बहाने बनाने में निपुण होता है, वह अक्सर किसी दूसरे काम में निपुण नहीं होता। —बेंजामिन फ्रैंकलिन

२ सर्वश्रेष्ठ काम उसी व्यक्ति को मिलता है, जो उसे किसी दूसरे पर थोपता नहीं है या बहाने नहीं बनाता है, बल्कि उसे फटाफट कर देता है।

—नेपोलियन हिल

३ जिस दिन आप अपने बारे में पूरी जिम्मेदारी लेते हैं, जिस दिन आप बहाने बनाना छोड़ देते हैं, उसी दिन आप शिखर की ओर की यात्रा शुरू करते हैं।

—ओ.जे. सिम्पसन

४ किसी चीज को सही करने में कम समय लगता है, बजाय यह बताने के कि आपने उसे गलत क्यों किया। —एच.डब्ल्यू. लॉन्गफेलो

५ ज्यादातर लोग अपनी गलतियों से सबक सीख सकते हैं, अगर वे यह बहाना बनाने में व्यस्त न रहें कि उन्होंने गलती की ही नहीं है। —हैरॉल्ड स्मिथ

६ बहानों का नियम : अगर आप बॉस से कहते हैं कि टायर पंचर होने के कारण आपको ऑफिस पहुँचने में देर हो गई, तो अगली सुबह आपका टायर सचमुच पंचर हो जाएगा। —अज्ञात

७ अगर आपको विश्वसनीय बनना है, तो 'समय नहीं है' का बहाना कभी न बनाएँ, क्योंकि आपके पास भी रोज उतना ही समय होता है, जितना हर सफल इंसान के पास रहा है। —सरश्री

८ बहानों में तैरना सीखें, बहानों में बहना बंद करें। —सरश्री

बहुमत

१ बहुमत की आवाज न्याय का प्रमाण नहीं है। –शिलर

२ हम बहुमत का फैसला मानते हैं और अगर बहुमत पागलों का है, तो बुद्धिमानों को पागलखाने जाना पड़ेगा। –होरेस मैन

३ भीड़ के दिमाग जितना अनिश्चित कुछ नहीं है। –लीज

४ ईश्वर की तरफ खड़ा एक आदमी भी बहुमत में है। –वेंडेल फिलिप्स

५ प्रजातंत्र इस विश्वास पर आधारित है कि साधारण लोगों में असाधारण संभावनाएँ होती हैं। –हैरी इमर्सन फॉस्डिक

६ अगर आप खेत जोत रहे हों, तो आप किसका उपयोग करेंगे? दो मजबूत बैलों का या १०२४ मुर्गों का? –सीमोर क्रे

७ चरवाहा हमेशा भेड़ों को यह यकीन दिलाने की कोशिश करता है कि उसके और उनके हित समान हैं। –स्तेंधाल

८ यदि पाँच करोड़ लोग भी कोई मूर्खतापूर्ण बात कहते हैं, तब भी यह मूर्खतापूर्ण बात होती है। –बरट्रेंड रसेल

९ भीड़ नहीं, भीतर बदलें। –सरश्री

बाधा

१ बाधा जितनी बड़ी हो, उसे पार करने की शोहरत भी उतनी ही बड़ी होती है। कुशल नाविक भयानक तूफानों और झंझावातों की वजह से ही मशहूर होते हैं। –एपिक्टेटस

२ सफलता जीवन में हमारी उपलब्धियों से नहीं, बल्कि उन बाधाओं से नापी जाती है, जिन्हें हमने सफल होने के लिए पार किया है।

–बुकर टी. वॉशिंगटन

३ बाधाएँ वे डरावनी चीजें हैं, जो आपको तब दिखती हैं, जब आप लक्ष्य से निगाह हटा लेते हैं। –हेनरी फोर्ड

४ अँधेरे की शिकायत करने से बेहतर है मोमबत्ती जलाना। –आर. हरजोग

५ जो लोग कहते हैं कि कोई चीज नहीं की जा सकती, उन्हें उसे करने वाले लोगों के रास्ते में नहीं आना चाहिए। –अज्ञात

६ अतीत की ओर देखने पर मेरा जीवन बाधाओं से भरा एक लंबी दौड़ की तरह नजर आता है, जिसमें सबसे बड़ी बाधा मैं खुद था। –जैक पार

७ जो पत्थर कमजोर आदमी को राह की बाधा लगता है, सफल आदमी उसी को ऊपर चढ़ने की सीढी बना लेता है। –कार्लायल

८ जब हर चीज आपके खिलाफ दिख रही हो, तो याद रखें कि हवाई जहाज हवा के साथ नहीं, बल्कि इसके खिलाफ उड़ान भरता है। –हेनरी फोर्ड

९ संसार में तीन प्रकार के मनुष्य होते हैं – नीच, मध्यम और उत्तम। नीच मनुष्य बाधाओं के डर से काम शुरू ही नहीं करते; मध्यम मनुष्य काम शुरू कर देते हैं, पर उत्तम मनुष्य हजार बाधाएँ पड़ने पर भी उसे पूरा करके छोड़ते हैं।

–भर्तृहरि

१० विश्वास रखने वाला इंसान बाधाओं के बावजूद भी देर सवेर अपना काम पूरा करता है और विश्वास न रखने वाला इंसान छोटी बाधा से भी काम रोक देता है। −सरश्री

११ जीवन धक्के देकर सिखाता है इसलिए जीवन के धक्के का स्वागत करें।
−सरश्री

बुढ़ापा

१ मेरे मामले में बुढापे का मतलब हमेशा मेरी उम्र से पंद्रह साल ज्यादा होता है। –बरनार्ड एम. बरूच

२ बूढा व्यक्ति जिंदगी से जितना प्रेम करता है, उतना कोई दूसरा नहीं करता।

–सोफोक्लीज

३ सभी लंबा जीवन चाहते हैं, लेकिन बूढा कोई नहीं होना चाहता। –फ्रैंकलिन

४ जिस व्यक्ति ने सीखना बंद कर दिया है वह बूढा हो चुका है, चाहे उसकी उम्र बीस साल हो या अस्सी साल। –हेनरी फोर्ड

५ पुरुष उतना ही बूढा होता है जितना वह महसूस करता है, महिला उतनी जितनी वह दिखती है। –मॉर्टिमर कॉलिन्स

६ बूढा होना अनिवार्य है; बड़ा होना वैकल्पिक है। –चिली डेविस

७ हम खेलना इसलिए बंद नहीं करते, क्योंकि हम बूढे. हो गए; हम तो बूढे. ही इसलिए होते हैं, क्योंकि हम खेलना छोड़ देते हैं। –जी. बी. शॉ

८ काश यौवन के पास ज्ञान होता; काश वृद्धावस्था कर्म कर सकती।

–हेनरी एस्टियन

९ युवा किसी कार्य के अंत में थकान महसूस करते हैं, बूढे. शुरुआत में।

–टी. एस. इलियट

१० युवावस्था उम्मीदों पर जिंदा रहती है, बुढापा यादों पर। –फ्रांसीसी सूक्ति

११ जो हृदय प्रेम करता है, हमेशा युवा रहता है। –अज्ञात

१२ बुजुर्ग का अर्थ ही यह है कि जिसने अपने अंदर ज्ञान प्राप्त कर लिया, केन्द्र

प्राप्त कर लिया। बड़ा हो गया यानी उसने अपना लक्ष्य जान लिया। जो अनुभव प्राप्त कर चुका है, वह बड़ा हुआ। −सरश्री

१३ छोटों से आदर न मिलने पर चिढ़नेवाला बुजुर्ग बड़ा नहीं छोटा है। −सरश्री

बुद्धिमत्ता

१ यदि संभव हो, तो बाकी लोगों से ज्यादा समझदार बनो, लेकिन यह बात उन्हें मत बताओ। –अर्ल ऑफ चेस्टरफील्ड

२ कोई भी अपनी तकदीर से संतुष्ट या बुद्धि से असंतुष्ट नहीं होता।

–फ्रांसीसी सूक्ति

३ सतर्कता बुद्धिमत्ता की सबसे बडी संतान है। –विक्टर ह्यूगो

४ बुद्धिमान व्यक्ति को जितने अवसर मिलते हैं, उनसे अधिक वह खुद बनाता है। –फ्रांसिस बेकन

५ किसी इंसान को अपनी गलती मानने में कभी शर्म नहीं आनी चाहिए, क्योंकि दूसरे शब्दों में वह यह कह रहा है कि वह कल के मुकाबले आज ज्यादा समझदार हो गया है। –अलैक्जेंडर पोप

६ समझदार लोग जिस काम को तत्काल कर देते हैं, मूर्ख उसी काम को बहुत देर बाद जाकर करता है। –बाल्तेसर ग्रेशियन

७ ज्ञान बोलता है; बुद्धिमत्ता सुनती है। –जिमी हेंड्रिक्स

८ मनुष्य शत्रु से भी बुद्धिमानी सीख सकता है। –एरिस्टोफेन्स

९ बुद्धिमान मनुष्य के लिए क्या कुछ भी करना असंभव है? –पंचतंत्र

१० सद्‌गुणी लोगों की बुद्धिमानी चिकनी जमीन पर मजबूत लाठी जैसी होती है।

–तिरुवल्लुवर

११ समझदार लोग पहले से आने वाली चीजों को भाँप लेते हैं; नासमझों में यह बुद्धि नहीं होती। –तिरुवल्लुवर

१२ जिस दिन आप यह सीख जाएँगे कि किस चीज को कितनी कीमत देनी है, उस दिन से पहली बार आप बुद्धिमान बनेंगे। –सरश्री

१३ जब मन मैला, जंग खाई हुई बुद्धि और शरीर अनुशासित न हो, तब हर मौका धोखा है।
 —सरश्री

बुरी आदतें / विकार

१ ईश्वर के विशाल ब्रह्मांड से बड़ी एकमात्र चीज है मनुष्य का अहंकार।

—गैरी सेवाकिस

२ झूठे व्यक्ति की याददाश्त अच्छी होनी चाहिए। —क्विंटिलियन

३ प्रतिशोध छोटे दिमाग वालों का कमजोर मनोरंजन है। —जुवेनाल

४ तीन लोग किसी बात को तभी गोपनीय रख सकते हैं, जब उनमें से दो मर गए हों। —फ्रैंकलिन

५ ईर्ष्यालु मनुष्य सोचता है कि अगर उसके पड़ोसी की एक टाँग टूट जाए, तो वह खुद ज्यादा अच्छी तरह चल सकेगा। —हेलमट स्कोक

६ एक छेद से जहाज डूब जाएगा और एक पाप से पापी नष्ट हो जाएगा।

—जॉन बनयन

७ ईर्ष्या हमेशा प्यार के साथ पैदा होती है, पर उसके साथ मरती नहीं है।

—ला रोशफूको

८ बेहद स्वार्थी लोगों का यह स्वभाव होता है कि वे किसी घर में आग लगा देंगे और वह भी सिर्फ अपने अंडे भूनने के लिए। —फ्रांसिस बेकन

९ पाप मूलत: ईश्वर से विमुख होना है। —लूथर

१० हर व्यक्ति चंद्रमा के समान होता है और उसका एक स्याह पहलू होता है, जिसे वह कभी किसी को नहीं दिखाता। —मार्क ट्वेन

११ जिसके अंदर नफरत है, उसे किसी और दुश्मन की आवश्यकता ही नहीं है। दु:खी होने के लिए उसे अकेली नफरत ही काफी है। —सरश्री

१२ आपका शरीर ईश्वर की उच्चतम अभिव्यक्ति के लिए बना है। इसमें से रोग, अहंकार, लालच, नफरत इत्यादि निकाल दें। ये विकार शरीर को मंदिर से खंडहर बना देते हैं। 　　　　　　　　　　　　　　　　　–सरश्री

 # बोलना

१ बगैर सोचे बोलना बगैर निशाना साधे गोली चलाने जैसा है।   —स्पेनिश सूक्ति

२ जब आपके पास कहने को कुछ न हो, तो कुछ न कहें।
                                              —चार्ल्स केलेब कोल्टन

३ बहुत से वक्ताओं में जब गहराई की कमी होती है, तो वे लंबाई बढा देते हैं।
                                              —मॉन्टेस्क्यू

४ धन ऐसी भाषा में बोलता है, जो सारे देशों में समझ आती है।   —अफ्रा बेन

५ बात करने से चावल नहीं पकते।   —चीनी कहावत

६ एक बुरा शब्द सारे अच्छे परिणामों को बुरे में बदल सकता है।
                                              — तिरुवल्लुवर

७ जो व्यक्ति मीठे शब्दों की जगह कटु शब्द बोलता है, वह पके फल छोड़कर कच्चे फल खाता है।   — तिरुवल्लुवर

८ मूर्ख से समझदारी की बात करेंगे, तो वह आपको मूर्ख कहेगा।   —युरिपिडीज

९ उबाऊ बनने का रहस्य है हर बात कह देना।   —वॉल्टेयर

१० बातचीत के बिना प्रेम असंभव है।   —मॉर्टिमर एडलर

११ जब मैं भाषण देता हूँ, तो मुझे इस बात पर कोई आपत्ति नहीं होती कि लोग अपनी घड़ी की तरफ देखें। मुझे तो आपत्ति तब होती है, जब वे घड़ी हिलाकर यह देखने लगते हैं कि वो कहीं बंद तो नहीं हो गई।   —लॉर्ड बरकेट

१२ मधुर वचन औषधि हैं और कटु वचन तीर, जो कान के माध्यम से पूरे शरीर को कष्ट देते हैं।   —कबीर

१३ तीर या तलवार का घाव भर सकता है, लेकिन तीखे शब्दों का घाव नहीं भरता। 　　　　　　　　　　　　　　　　　　　　　　　－विष्णु शर्मा

१४ बड़े बड़ाई ना करैं, बड़े न बोलें बोल। 'रहिमन' हीरा कब कहै, लाख टका मेरा मोल। 　　　　　　　　　　　　　　　　　　　－ रहीम कवि

१५ किसी कुत्ते को अच्छा कुत्ता सिर्फ इसलिए नहीं माना जाता, क्योंकि वह अच्छा भौंकता है। इसी तरह किसी मनुष्य को भी सिर्फ इसलिए अच्छा नहीं माना जा सकता, क्योंकि वह अच्छा वक्ता है। 　　　　　　　　　　　　　　－बुद्ध

१६ प्रिय वचन बोलने वाला सबको प्रिय होता है। 　　　　　　－ महाभारत

१७ जिस तरह एक मकड़ी अपने ही मुँह से जाल निकालती है और खुद ही उसमें फँस जाती है, उसी तरह कुतर्क करने वाला मन अपने ही जाल में फँसता जाता है। 　　　　　　　　　　　　　　　　　　　　　　　　　　－सरश्री

१८ कोई भी घटना परेशानी नहीं होती, वह परेशानी तब बनती है जब आप अपनी भावनाओं को नकारात्मक शब्द देते हैं, जिस कारण आप अपने ही शब्दों में उलझ जाते हैं। 　　　　　　　　　　　　　　　　　　　　　　　－सरश्री

भविष्य

१ बहुत कम लोग भविष्य की परवाह करते हैं। वे तो इसी चिंता में लगे रहते हैं कि आज क्या होगा और वे अभी कितना झपट सकते हैं। –बेरी गोर्डी

२ अतीत में मेरी कोई रुचि नहीं है। मेरी रुचि तो भविष्य में है, क्योंकि मैं अपना बाकी का जीवन वहीं बिताने वाला हूँ। –चार्ल्स फ्रैंकलिन केटरिंग

३ सब कुछ लुट जाने पर भी भविष्य बाकी रहता है। –बोवी

४ गुजरे कल से सीखो, आज के दिन जियो और आने वाले कल के लिए आशा रखो। –अल्बर्ट आइंस्टाइन

५ हर संत का अतीत होता है और हर पापी का भविष्य। –ऑस्कर वाइल्ड

६ मुझे अतीत के इतिहास के बजाय भविष्य के सपने ज्यादा पसंद हैं।

–थॉमस जेफरसन

७ अगर आप भविष्य को भाँपना चाहते हैं, तो अतीत का अध्ययन करें।

–कनफ् यूशियस

८ यदि आपका दिमाग अतीत की स्याह यादों से भरा है, तो आप भविष्य के प्रति गुलाबी नजरिया नहीं रख सकते। –अज्ञात

९ परिस्थितियों से भविष्य नहीं बनता, भविष्य बनता है वर्तमान के निर्णयों से।

–सरश्री

१० सत्य से प्रेम करने वाले ज्यादा समय वर्तमान में रहते हैं, क्योंकि भूत भूत बंगला है, भविष्य झूठ बंगला है लेकिन वर्तमान सत्य है। –सरश्री

भाग्य

१ इंसान के भाग्य का साँचा मुख्यत: उसी के हाथों में होता है। –फ्रांसिस बेकन

२ आपके निर्णय के पलों में ही आपकी तकदीर आकार लेती है।

–एंथनी रॉबिन्स

३ अपने भाग्य पर किसी का भी पूरा नियंत्रण नहीं होता। असल बात है उन चीजों को नियंत्रित करना, जिन्हें आप कर सकते हैं। –नोएल एम. टिची

४ मुझे किस्मत पर बड़ा भरोसा है और मैंने पाया है कि मैं जितनी ज्यादा मेहनत करता हूँ, मेरी किस्मत उतनी ही अच्छी होती जाती है। –स्टीफन लीकॉक

५ कमजोर लोग किस्मत में यकीन करते हैं। दमदार लोग कारण और परिणाम में यकीन करते हैं। –इमर्सन

६ भाग्य का अर्थ है एक अच्छी योजना, जिस पर सतर्कता से अमल किया गया। –अज्ञात

७ लक्ष्मी अपने वरदान लगनशील व्यक्ति पर बरसाती हैं। वे आलसी से नफरत करती हैं, जो पूरी तरह से भाग्य पर निर्भर होता है। इसलिए अपने भाग्य को एक तरफ रख दें और अपनी पूरी शक्ति से कोशिश करें। –पंचतंत्र

८ भाग्य तैयार मस्तिष्क का साथ देता है। –लुई पास्चर

९ जन्म कुंडली में सिर्फ प्रवृत्तियाँ होती हैं, जो हकीकत बन सकती हैं, यदि वह व्यक्ति उन्हें बदलने के लिए कुछ न करे। –इजाबेल हिकी

१० आध्यात्मिकता को स्वीकार करने से पहले ज्योतिष शेर जितना बलशाली होता है। लेकिन जब इंसान गहरे आध्यात्मिक जीवन में प्रवेश कर लेता है, तो ज्योतिष छोटी सी घरेलू बिल्ली बन जाता है। –श्री चिन्मय

११ ज्योतिष एक भाषा है। यदि आप यह भाषा समझते हैं, तो आकाश आपसे बात करता है। –डेन रूढयार

१२ प्रतिभाशाली व्यक्ति सबसे भाग्यशाली होते हैं, क्योंकि वे वही काम करते हैं, जिसे वे सबसे ज्यादा करना चाहते हैं। -डब्ल्यू. एच. ऑडन

१३ इस बात पर विश्वास रखें कि हमारे विचार बदलते हैं, तो नक्षत्र अपनी जगह बदलते हैं। इसलिए विचार बदलने की फिक्र करें, न कि नक्षत्र बदलने की।
-सरश्री

१४ कर्म और भाग्य दोनों एक हैं - जैसे लकड़ी और कोयला। लकड़ी जलने के बाद कोयला बनती है। कर्म होने के बाद भाग्य बनता है। लकड़ी से कोयला हर दम मिल सकता है, लेकिन कोयले से लकड़ी नहीं मिल सकती, इसलिए लकड़ी ज्यादा महत्त्वपूर्ण है, कर्म भाग्य से महान है। -सरश्री

 # भाषा

१. भाषा विचार का वस्त्र है।   -सेम्युअल जॉनसन

२. भाषा बिना ऑपरेशन किए किसी विचार को मेरे दिमाग से आपके दिमाग में पहुँचाने का माध्यम है।   -मार्क एमिडॉन

३. किसी भी औजार के बहुत से उपयोग हो सकते हैं। उदाहरण के लिए, भाषा पुल भी हो सकती है और बाधा भी।   -शेन टूरटेलोट

४. मुझे भाषा के जादू पर पूरा भरोसा है, क्योंकि बचपन में ही मुझे पता चल गया था कि कुछ शब्द मुझे परेशानी में डालते हैं और कुछ परेशानी से बाहर निकालते हैं।   -कैथरीन डन

५. शब्द रोगी मस्तिष्क के चिकित्सक हैं।   -एस्कीलस

६. ऊँचे विचारों की भाषा भी ऊँची होनी चाहिए।   -एरिस्टोफेन्स

७. भाषा पर उस इंसान की पकड़ सबसे अच्छी होती है, जो अपना मुँह बंद रखता है।   -सैम रेबन

८. बुद्धिमान व्यक्ति की तरह सोचो, लेकिन आम लोगों की भाषा में बात करो।

   -विलियम बटलर येट्स

९. अपनी भाषा बदलेंगे, तो आपके विचार अपने आप बदल जाएँगे।

   -कार्ल अल्ब्रेख्त

१०. अनुभव का ज्ञान, शब्दों वाला ज्ञान नहीं है। शब्दों से होती है शुरुआत, मौन पर होता है अंत।   -सरश्री

११. जब भाषा का जन्म नहीं हुआ था, तब न शब्द थे और न ही विचार। उस समय लोग हृदय के भावों से चीजों को महसूस करते थे। भाषा की जरूरत से शब्द बने और शब्दों से विचार बने। अब शब्दों से विचारों में और विचारों से भावों में परिवर्तन लाना सीखें।   -सरश्री

मस्तिष्क

१. अच्छा दिमाग होना ही पर्याप्त नहीं है; महत्त्वपूर्ण बात तो इसका अच्छा इस्तेमाल करना है। 　　　　　　　　　　　　　－रेने डेकार्ट

२. मस्तिष्क भी बड़ा अद्भुत स्थान है; यह स्वर्ग को नरक में और नरक को स्वर्ग में बदल सकता है। 　　　　　　　　　　　　－जॉन मिल्टन

३. दिमाग आइसबर्ग की तरह होता है – इसका सिर्फ सातवाँ हिस्सा ही पानी के ऊपर तैरता है। 　　　　　　　　　　　　　　－सिगमंड फ्रॉयड

४. मस्तिष्क को एक जगह से दूसरी जगह ले जाना ही शरीर का प्रमुख उद्देश्य है। 　　　　　　　　　　　　　　　　－थॉमस एडिसन

५. खाली जेब की वजह से आज तक कोई पीछे नहीं रहा। सिर्फ खाली दिमाग और खाली दिल की वजह से ही इंसान पीछे रहता है। 　－नॉर्मन विन्सेंट पील

६. मनुष्य का मस्तिष्क जब किसी नए विचार से एक बार खिंच जाता है, तो यह दोबारा अपने मौलिक स्वरूप में कभी नहीं आ पाता। 　－ऑलिवर वेंडेल होम्स

७. महान मस्तिष्क वाले लोगों की बातचीत विचारों पर केंद्रित होती है, औसत मस्तिष्क वाले लोगों की घटनाओं पर और छोटे मस्तिष्क वाले लोगों की लोगों पर। 　　　　　　　　　　　　　　　－हाइमन रिकओवर

८. इंसान का शत्रु नहीं, बल्कि उसका मन ही उसे बुरे रास्तों की ओर ललचाता है। 　　　　　　　　　　　　　　　　　　　　－बुद्ध

९. किसी भी चीज का आविष्कार दो लोगों ने नहीं किया। कला में, संगीत में, कविता में, गणित में, दर्शन में अच्छे गठबंधन दुर्लभ हैं। जब सृजन का चमत्कार हो जाता है, तो इसके बाद समूह इसका विस्तार कर सकता है, लेकिन कोई समूह कभी किसी चीज का आविष्कार नहीं करता। यह बेशकीमती गुण तो एकाकी मानव मस्तिष्क में ही निहित होता है।
　　　　　　　　　　　　　　　　　　　　－जॉन स्टीनबेक

१० अपने मामले में दिमाग का इस्तेमाल करें, दूसरों के मामले में दिल का।

–डोनाल्ड लेयर्ड

११ छोटी–छोटी बातें छोटे दिमाग वालों पर असर डालती हैं। –डिजराइली

१२ मन के हारे हार है, मन के जीते जीत; जो अपने मन को जीत लेता है, वह परमात्मा को पा लेता है। –कबीर

१३ इंद्रिय सुखों के प्रति अत्यधिक आसक्ति बंधन की ओर ले जाती है, और इंद्रिय सुखों से विरक्ति मुक्ति की ओर ले जाती है, इसलिए सिर्फ मन ही बंधन या आसक्ति के लिए जिम्मेदार है। –चाणक्य

१४ मिट्टी के साथ पानी का स्वाद बदलता है। संगी–साथियों के अनुरूप मानसिक अवस्था बदलती है। –तिरुवल्लुवर

१५ मनुष्य अपने दिमाग के बिना नहीं बच सकता। वह बिना किसी हथियार के पृथ्वी पर आता है। उसका दिमाग ही उसका एकमात्र हथियार है। दिमाग मनुष्य की सबसे बड़ी संपत्ति है। –आयन रैंड

१६ यह कभी नहीं देखा गया कि ज्ञान ने खुले मुँह से दिमाग में प्रवेश किया हो।

–अज्ञात

१७ मुश्किले सदा मस्तिष्क में जीती हैं और समाधान हृदय में मौजूद होता है।

–सरश्री

१८ ध्यान मस्तिष्क के विचारों के तूफान को शांत करने के लिए रामबाण औषधि है। –सरश्री

महत्वाकांक्षा

१. महत्वाकांक्षा तब तक कहीं नहीं पहुँच पाती, जब तक कि यह मेहनत के साथ पार्टनरशिप न कर ले। -अज्ञात

२. ऐसे लोगों से दूर रहें, जो आपकी महत्वाकांक्षाओं को छोटा करना चाहते हों। छोटे लोग हमेशा ऐसा करते हैं, जबकि सचमुच महान लोग आपको यह महसूस कराते हैं कि आप भी महान बन सकते हैं। -मार्क ट्वेन

३. किस्मत इंसान के साथ सबसे बुरा यह कर सकती है कि उसे योग्यता तो कम दे, लेकिन महत्वाकांक्षाएँ बड़ी दे।

-मार्कस डे लुक डे क्लेपियर्स वॉवेनआर्ग्युस

४. जो ऊँची छलाँग लगाना चाहता है, उसे लंबा दौड़ना होगा। -डेनिश सूक्ति

५. अगर आप सफल होना चाहते हैं, तो नई राहें खोजें और समाजसम्मत सफलता के घिसे-पिटे मार्गों पर यात्रा न करें। -जॉन डी. रॉकफेलर

६. शिखर पर हमेशा जगह होती है। -डेनियल वेब्स्टर

७. ज्यादातर लोग छोटी चीजों में सफल हो सकते हैं, अगर उन्हें बड़ी महत्वाकांक्षाएँ न सताएँ। -एच. डब्ल्यू. लॉन्गफेलो

८. व्यक्ति की महत्वाकांक्षा दुःख का कारण बनती है, भक्ति की महत्वाकांक्षा सुख का कारण बनती है, व्यक्ति के आँसू चेतना को नीचे गिराते हैं, भक्ति के आँसू चेतना को ऊपर उठाते हैं। -सरश्री

९. जिनके पास अव्यक्तिगत महत्वाकांक्षा होती है, उनके पास करने के लिए दमदार कार्य होता है, उनका मन रचनात्मक व सृजनात्मक विचारों से भरा होता है, उनकी जीने की इच्छा तीव्र होती है। -सरश्री

महान

१ कोई भी इंसान मानव जाति जितना महान नहीं है। –थियोडोर पार्कर

२ कटने के बाद भी चंदन की लकड़ी सुगंध का अपना प्राकृतिक गुण नहीं छोड़ती, हाथी बूढ़ा होने के बाद भी खेल–कूद करना नहीं छोड़ता, गन्ना चरखी में कुचलने के बाद भी अपनी मिठास नहीं छोड़ता, इसी तरह महान व्यक्ति अपने उच्च गुणों को कभी नहीं छोड़ता, भले ही वह गरीबी के मारे कितना ही परेशान हो। –चाणक्य

३ सभी महान लोगों का जीवन हमें याद दिलाता है कि हम भी अपने जीवन को महान बना सकते हैं। –लॉन्गफेलो

४ इस दुनिया में महान चीज यह नहीं है कि हम कहाँ खड़े हैं, बल्कि यह है कि हम किस दिशा में बढ.रहे हैं। –ओ. डब्ल्यू. होम्स

५ सबसे महान सच्चाइयाँ सबसे सरल होती हैं, और सबसे महान लोग भी। –हेयर

६ जीवन में हमारा काम वह देखना नहीं है, जो दूरी पर धुँधला दिखता है, बल्कि वह करना है, जो स्पष्ट रूप से सामने मौजूद है। –थॉमस कार्लायल

७ सभी महान चीजों की शुरुआत में कहीं न कहीं एक महिला अवश्य होती है। –अल्फांसो डे लेमार्टिन

८ महानतम काम कमेटियों या कंपनियों द्वारा नहीं, किसी अकेले इंसान द्वारा किए जाते हैं। –अल्फ्रेड ए. मोंटापर्ट

९ महान काम वे लोग नहीं कर पाते, जो प्रवृत्तियों, फैशनों और लोकप्रिय राय के सामने घुटने टेक देते हैं। –चार्ल्स कुराल्ट

१० आज तक किसी महान व्यक्ति ने कभी अवसर की कमी की शिकायत नहीं की। –रैल्फ वाल्डो इमर्सन

११ मनुष्य ठीक उसी परिमाण में महान बनता है, जिस परिमाण में वह मानव कल्याण के लिए श्रम करता है। –सुकरात

१२ यदि आप सोचते हैं कि आप इतने छोटे हैं कि प्रभाव नहीं डाल सकते, तो किसी मच्छर के साथ सोने की कोशिश करें। –अनीता रोडिक

१३ लगभग हर महान चीज युवाओं द्वारा की गई है। –डिजराइली

१४ मैंने महान पुरुषों और लोकप्रिय महिलाओं के जीवन का अध्ययन करने पर यह पाया कि जिन लोगों ने अपने हाथ का काम पूरी ऊर्जा, उत्साह और मेहनत से किया, वही शिखर पर पहुँचे। –हैरी एस. ट्रूमैन

१५ किसी महान व्यक्ति का जीवन निरर्थक नहीं होता। विश्व का इतिहास महान पुरुषों की जीवनी मात्र है। –थॉमस कार्लायल

१६ हर व्यक्ति महान बन सकता है, क्योंकि हर व्यक्ति सेवा कर सकता है।

–मार्टिन लूथर किंग जूनियर

१७ छोटे लोग आसान रास्तों की तलाश करते हैं, महान लोग दुर्लभ काम करके दिखाते हैं। –तिरुवल्लुवर

१८ सिर्फ कर्म के पैमाने से ही देखा जाता है कि कोई व्यक्ति महान है या क्षुद्र।

– तिरुवल्लुवर

१९ महान लोग नम्रता से झुक जाते हैं; ओछे लोग अहंकार से फूल जाते हैं।

– तिरुवल्लुवर

२० जिंदगी में महान बनना है तो किसी महान को समर्पित होकर देखें। मूर्खों की संगत में आप कितने दिन अमूर्ख रह सकते हैं? –सरश्री

२१ जो पूर्ण (महान) होगा, वह दूसरों को पूर्ण करेगा। जो अधूरा रहेगा, वह दूसरों को भी अधूरा रखना चाहेगा। –सरश्री

२२ हर इंसान इस पृथ्वी पर महान (ईश्वर) का मेहमान है, यह बात अगर आपने जान ली तो आपका व्यवहार बदल जाएगा। –सरश्री

मित्र

१. यदि सभी लोग यह जान लें कि दूसरे उनके बारे में क्या कहते हैं, तो दुनिया में चार दोस्त भी नहीं रहेंगे। -ब्लेज पास्कल

२. जब मनुष्य पर विपत्ति आती है, तब एक सच्चा मित्र ही मदद करेगा, बाकी तो सिर्फ मुँह से सहानुभूति जताएँगे। -पंचतंत्र

३. यदि एक अंधा दूसरे अंधे को राह दिखाता है, तो दोनों ही खाई में गिर जाएँगे। -बाइबल

४. किसी दोस्त की मदद करने के लिए उसकी जेब में सिक्के डालने से कोई लाभ नहीं, यदि उसकी जेब में छेद हों। -डगलस हर्ड

५. जो सामने मीठी-मीठी बातें करता है, लेकिन पीठ पीछे आपको बर्बाद करने की कोशिश करता है, वह विष के उस पात्र की तरह है, जिसमें ऊपर दूध तैर रहा हो। -चाणक्य

६. मित्रता की गहराई परिचय की लंबाई पर निर्भर नहीं करती। - टैगोर

७. जब दो दोस्तों का बैंक अकाउंट साझा होता है, तो उनमें से एक गाता है और दूसरा रोता है। -अज्ञात

८. प्रेम अंधे होने पर होता है, मित्रता ज्ञान होने पर। -कॉम्टे डेबसी-रैब्यूटिन

९. मित्र आपके समय पर डाका डालते हैं। -फ्रांसिस बेकन

१०. अपने मित्रों को अपना ग्राहक बनाने से अच्छा यह है कि आप अपने ग्राहकों को अपना मित्र बनाएँ। -कोलमैन कॉक्स

११. उधार देने से अक्सर पैसा और मित्र दोनों ही खो जाते हैं। -शेक्सपियर

१२. जीवन में एक मित्र मिल गया तो बहुत है, दो बहुत ज्यादा हैं, तीन तो मिल ही नहीं सकते। -हेनरी एडम्स

१३ सच्चा प्रेम दुर्लभ है, सच्ची मित्रता उससे भी दुर्लभ। —ला फॉन्टेन

१४ मित्र बनाने का सबसे अच्छा समय तब है, जब आपको उनकी जरूरत न हो। —ईथेल बैरीमोर

१५ जब आपको किसी व्यक्ति का चरित्र स्पष्ट समझ न आ रहा हो, तो उसके मित्रों की ओर देखें। —जापानी सूक्ति

१६ हर व्यक्ति यह मूलभूत बात भूल जाता है कि लोग आपसे तब तक प्रेम नहीं करेंगे, जब तक कि आप उनसे प्रेम नहीं करेंगे। —पैट कैरॉल

१७ पहाड़ पर चढ़ रहे हैं, तो जो आपसे आगे है, उससे दोस्ती करें, क्योंकि वह आपको ऊपर खींच सकता है। —सरश्री

१८ जो आपको जगा सके, आपको पूर्ण बना सके, आपको आपका दर्शन करवा सके, वह है आपका सच्चा मित्र। —सरश्री

१९ दोस्ती दे पाओगे तो दोस्ती पाओगे। —सरश्री

मुश्किल

१ सभी चीजें आसान बनने से पहले मुश्किल होती हैं। –थॉमस फुलर

२ दृढ. चरित्र वाले व्यक्ति को कठिनाइयों में विशेष आकर्षण नजर आता है, क्योंकि कठिनाइयों से जूझकर ही वह अपनी क्षमताओं को उजागर कर सकता है। – चार्ल्स द गाल

३ बैंक में रखा पैसा ट्यूब में रखे टूथपेस्ट जैसा होता है। इसे बाहर निकालना तो आसान है, लेकिन वापस डालना मुश्किल। –अर्ल विल्सन

४ सच्चे प्रेम की राह कभी सरल नहीं रही है। –शेक्सपियर

५ सभी अच्छी चीजों को हासिल करना मुश्किल होता है और बुरी चीजों को पाना बहुत आसान। – मोरारजी देसाई

६ सोचना दुनिया का सबसे मुश्किल काम है, शायद इसीलिए बहुत कम लोग यह काम करते हैं। –हेनरी फोर्ड

७ मुश्किल चीजों में लंबा समय लगता है; असंभव में थोड़ा और ज्यादा।

–अज्ञात

८ स्वयं को जानने का संकल्प कर लें, जो दुनिया का सबसे मुश्किल सबक है। –सर्वेन्टीज

९ विकल्प जितने ज्यादा होते हैं, चुनाव उतना ही मुश्किल होता है।

–एब्बे डे एलेनिवल

१० आज के युग में माना जाता है कि हर चीज का शॉर्टकट होता है, लेकिन सबसे बड़ा सबक यह है कि सबसे मुश्किल राह ही लंबे समय में सबसे आसान होती है। –हेनरी मिलर

११ मुश्किलों को हँसी में उड़ा दो; दु:खों को जीतने का और कोई उपाय नहीं है। –तिरुवल्लुवर

१२ कोई काम आपके लिए मुश्किल है, इस वजह से उसे हर एक के लिए असंभव न मान लें। －मार्कस ऑरेलियस

१३ मुश्किलों को हल करने की कला सीखने में आपका काम नहीं, व्यायाम होगा। यह व्यायाम आपको कमजोर नहीं, तंदुरुस्त बनाएगा। －सरश्री

१४ किसी कार्य को असंभव न समझें, कठिन कार्य करने के लिए सही प्रेरणा, आस्था और आशा का सहारा लें। कार्य कठिन है इसलिए करने योग्य है। मुश्किलें यदि आसान होती तो उन्हें मुश्किलें कौन कहता? －सरश्री

मूर्ख

१ आप कुछ समय तक सभी लोगों को मूर्ख बना सकते हैं और कुछ लोगों को सारे समय, लेकिन आप सभी लोगों को पूरे समय मूर्ख नहीं बना सकते।

–अब्राहम लिंकन

२ हर इंसान हर दिन कम से कम पाँच मिनट तक निरा मूर्ख होता है; समझदारी इसी में है कि हम इस अवधि को बढ़ने न दें। –अल्बर्ट हबार्ड

३ मूर्ख खुद का गुणगान करता है, बुद्धिमान मूर्ख का गुणगान करता है। –बुल्वर

४ पढा–लिखा मूर्ख अज्ञानी मूर्ख से ज्यादा मूर्ख होता है। –मॉलियर

५ जो खुद को समझदार समझता है, हे भगवान! वह कितना बड़ा मूर्ख है।

–वोल्टेयर

६ आम तौर पर ईश्वर मूर्ख लोगों को ही दौलत देता है, जिन्हें वह और कुछ नहीं देता। –मार्टिन लूथर

७ मूर्ख के संग न रहें, क्योंकि वह दोपाया पशु होता है। किसी अदृश्य काँटे की तरह वह अपने पैने शब्दों से आपका कलेजा छलनी करता रहता है।

–चाणक्य

८ जो हिचकता है, वह निरा मूर्ख है। –मे वेस्ट

९ मूर्ख को उसकी मूर्खता के हिसाब से जवाब दो। –बाइबल

१० कभी भी मूर्ख के शब्दों से अपनी रक्षा न करें, जब तक कि आप उसके समान बनने के इच्छुक न हों। –जीन क्रॉफोर्ड

११ तेजी से समझदार बनो। चालीस साल का मूर्ख सचमुच मूर्ख होता है।

–एडवर्ड यंग

१२ मूर्ख अपने दिमाग की सारी बातें उगल देता है। –बाइबल

१३ मूर्ख न तो माफ करता है, न भूलता है; नादान माफ करता है और भूल जाता है; समझदार माफ तो कर देता है, लेकिन भूलता नहीं है। –थॉमस जैज

१४ ज्यादा जेलें बनाकर अपराध से जूझना वैसा ही है, जैसे ज्यादा कब्रिस्तान बनाकर कैंसर से जूझना। –पॉल केली

१५ 'क्रोध किया नहीं जाता, हो जाता है', यह कहने वाले मूर्ख हैं। क्रोध किया जा सकता है, हो जाने को रोका जा सकता है। –सरश्री

१६ खतरा नहीं उठाने वाले लोग डरपोक और असफल होते हैं। आँख मूँदकर खतरे उठाने वाले लोग मूर्ख और संवेदनहीन होते हैं। नपे तुले खतरे उठाने वाले लोग निडर, काबिल और सफल होते हैं। –सरश्री

१७ पूछने वाले थोड़े समय के लिए मूर्ख समझे जाते हैं। न पूछने वाले सदा के लिए मूर्ख रह जाते हैं। सही सवाल सही तरीके से पूछने वाले संपूर्ण लक्ष्य प्राप्त करके ही पृथ्वी से जाते हैं। –सरश्री

मेहनत

१ कड़ी मेहनत का कोई विकल्प नहीं है। –थॉमस एडिसन

२ मैं जितनी ज्यादा मेहनत से अभ्यास करता हूँ, उतना ही ज्यादा खुशकिस्मत बनता जाता हूँ। –गैरी प्लेयर

३ प्रतिभा एक प्रतिशत प्रेरणा और निन्यानवे प्रतिशत पसीना है। –थॉमस एडिसन

४ सफल लोगों को असफल लोगों से अलग करने वाली इकलौती चीज यह है कि वे बहुत कड़ी मेहनत करना चाहते हैं। –हेलन गर्ली ब्राउन

५ मेरे हिसाब से बिजनेस शुरू करने वाला कोई नवयुवक सबसे अच्छा निवेश यह कर सकता है कि वह अपना सारा समय, अपनी सारी ऊर्जा काम में – कड़ी मेहनत में – लगा दे। –चार्ल्स श्वाब

६ श्रम शोहरत का पिता है। –ग्रीक सूक्ति

७ योग्यता टेबल पर रखे नमक से भी सस्ती है। योग्य व्यक्ति को सफल व्यक्ति से अलग करने वाली चीज है बहुत सी कड़ी मेहनत। –स्टीफन किंग

८ भौंकता हुआ कुत्ता सोए हुए शेर से अक्सर ज्यादा उपयोगी होता है।

–वॉशिंगटन इरविंग

९ बिना मेहनत के जो लिखा जाता है, उसे आम तौर पर बिना खुशी के पढा जाता है। –सेमयुअल जॉनसन

१० भले ही भाग्य भोजन उपलब्ध करा दे, लेकिन आपको हाथ बढाकर उसे लेना होता है। यह आपके मुँह में नहीं गिरता, जिस तरह हिरण सोए सिंह के मुख में नहीं गिरता है। सिर्फ संकल्प के साथ श्रम करने से ही सफलता मिलती है।

–विष्णु शर्मा

११ मेहनत वह तकनीक है, जिससे असंभव संभव हो जाता है।

–ऑलिवर वेंडेल होम्स

१२ हमारा दिल बिना थके ७० से १०० साल काम करता रहता है। कारण यह थकने से पहले आराम कर लेता है। हमें भी थकावट के पहले आराम और सुस्ती आने के पहले काम* करना चाहिए। —सरश्री

---

* *मेहनत*

 # मृत्यु

१. मृत्यु के सामने सभी इंसान बराबर हैं।   -पब्लिलियस साइरस

२. जीवन और मृत्यु का इसके सिवा कोई इलाज नहीं है कि उनके बीच की अवधि का आनंद लिया जाए।   -जॉर्ज संतायन

३. इंसान माटी का पुतला है और माटी में ही मिल जाएगा।   -बाइबल

४. भागने वाला योद्धा दोबारा लौटकर लड़ सकता है, लेकिन जो मर जाता है, वह कभी नहीं लौट सकता।   -सेम्युअल बटलर

५. कुछ लोग सोचते हैं कि फुटबॉल जीवन-मृत्यु का मामला है। मुझे यह नजरिया पसंद नहीं है। ऐसे लोगों को मैं यह आश्वस्त करना चाहता हूँ कि यह उससे भी गंभीर मामला है।   -बिल शैंकली

६. धन-दौलत, मित्र, पत्नी और साम्राज्य तो दोबारा हासिल किया जा सकता है, लेकिन एक बार खोने के बाद यह शरीर दोबारा कभी हासिल नहीं हो सकता।   -चाणक्य

७. हर दिन असंख्य प्राणी यमलोक जा रहे हैं, लेकिन इसके बावजूद लोग खुद को अमर समझते हैं। इससे बडा आश्चर्य और क्या हो सकता है?
    - महाभारत

८. सब कुछ क्षणभंगुर है - यश भी और यशस्वी भी।   -मार्कस ऑरेलियस

९. मृत्यु प्रकाश बुझाना नहीं है, यह तो सिर्फ दिया बुझाना है, क्योंकि भोर हो गई है।   -टैगोर

१०. मृत्यु के प्रति अज्ञान ही मृत्यु को भयानक बना देता है। मृत्यु का ज्ञान प्राप्त करते ही, यही मृत्यु जीने की कला सिखाएगी।   -सरश्री

११ जो इंसान जीवन रहस्य जान गया, जिसने अपने आपको पहचान लिया, वही अपनी शरीर की मृत्यु के लिए समय पर सदा तैयार रहता है। −सरश्री

१२ मृत्यु के बाद भी जीवन है, यह सत्य जान लेने वाला अपने जीवन का एक भी क्षण नहीं गँवाएगा। हर घटना में वह अपने सबक सीखकर अपना धीरज बढाएगा। −सरश्री

युद्ध

१ युद्ध में सबसे पहले सत्य की मृत्यु होती है। –हीरम जॉनसन

२ हथियार धन जैसे होते हैं; किसी को भी पर्याप्त का अर्थ नहीं पता होता।

–मार्टिन एमिस

३ यह सच है कि हम कमजोर, बीमार, बदसूरत और लड़ाकू हैं, लेकिन अगर हम सिर्फ यही होते, तो सदियों पहले पृथ्वी से लुप्त हो चुके होते।

–जॉन स्टीनबैक

४ मानव का युद्ध जब अपने साथ होता है, तब उसका कुछ मूल्य होता है।

–रॉबर्ट ब्राउनिंग

५ ईश्वर और शैतान विजय के लिए युद्ध कर रहे हैं और मैदान है मनुष्य का हृदय। –दोस्तोयवस्की

६ धर्मों के बीच बनी शीशे की दीवारें हिंसा को जन्म देती हैं, देशों के बीच बनी काँच की दीवारें युद्धों को जन्म देती हैं। इन दीवारों को आज ही तोड़ें और उनके टूटने की आवाज सुनें, फिर सारे विश्व को एक बनते हुए देखें।

–सरश्री

७ अगर आप विश्व में अमन और शांति लाना चाहते हैं तो सबसे पहले अपने अंदर का युद्ध खतम करें। जिस क्षण आपके अंदर का युद्ध खतम हो जाएगा, उसी क्षण दुनिया से युद्ध खतम होने का शुभारंभ होगा। –सरश्री

योग्यता

१ महत्त्वपूर्ण बात यह नहीं है कि हम क्या कर सकते हैं; महत्त्वपूर्ण तो वह है जो हम सचमुच करते हैं। –लुई एल. स्पियर्स

२ हमें किसी का मूल्यांकन उसके महान गुणों से नहीं करना चाहिए, बल्कि इस बात से करना चाहिए कि वह उनका कैसा उपयोग करता है। –ला रोशफूको

३ चाहे आपकी योग्यता का स्तर जो भी हो, आपमें इतनी ज्यादा क्षमता है कि आप उसे एक जीवन में विकसित नहीं कर सकते। –अज्ञात

४ योग्यता से भी ज्यादा दुर्लभ एक और चीज है। वह है योग्यता को पहचानने की योग्यता। –रॉबर्ट हाफ

५ अपनी योग्यता को छिपाना भी एक बड़ी योग्यता है। –ला रोशफूको

६ आप इस पृथ्वी के एकमात्र व्यक्ति हैं, जो अपनी योग्यता का इस्तेमाल कर सकते हैं। –जिग जिग्लर

७ योग्यता हम सबमें होती है। फर्क सिर्फ यह होता है कि हम इसका कैसा इस्तेमाल करते हैं। –स्टेवी वंडर

८ हर व्यक्ति दूसरों को जो करते देखता है, वही करने लगता है, चाहे उसमें उस चीज की योग्यता हो या न हो। –गेटे

९ जो लोग खुद को प्रेरित नहीं कर सकते, वे सामान्य ही रहेंगे, भले ही उनकी बाकी योग्यताएँ कितनी भी प्रभावशाली हों। –एंड्रयू कारनेगी

१० कोई भी प्रतिभाशाली पैदा नहीं होता; इंसान प्रतिभाशाली बनता है।

–साइमन डे बीवोर

११ प्रतिभा और कुछ नहीं, सिर्फ श्रम और मेहनत है। –विलियम होगाथ

१२ योग्य लोगों के लिए जीवन में कोई चीज असंभव नहीं है। चाणक्य ने नंद वंश के सशस्त्र सदस्यों को बिना किसी हथियार के मार डाला। –विष्णु शर्मा

१३ जिस चीज के लिए आप योग्य बनते हैं, वह चीज आपके पास आ जाती है। जिस चीज के लिए आप पात्रता नहीं रखते, वह चीज रुकी रहती है, इसलिए अपनी पात्रता, योग्यता, काबिलियत निरंतर अभ्यास द्वारा बढाएँ। –सरश्री

१४ कोई चीज अच्छी या बुरी नहीं होती, वह किसे दी जा रही है उसी से वह चीज अच्छी या बुरी सिद्ध होती है। बावर्ची के हाथ में दिया हुआ चाकू वरदान बन जाता है। पागल के हाथ में दिया हुआ चाकू अभिशाप बन जाता है।

–सरश्री

योजना

१ अपने काम की योजना बनाएँ और योजना के अनुरूप काम करें।

–नॉर्मन विन्सेंट पील

२ भविष्य की योजना बनाएँ, क्योंकि आप अपनी बाकी जिंदगी वहीं बिताएंगे।

–मार्क ट्वेन

३ सपने और लक्ष्य में सिर्फ योजना का फर्क होता है। –अज्ञात

४ बड़े कामों की सिर्फ योजना बनाने से बेहतर है छोटे–छोटे काम कर देना।

–पीटर मार्शल

५ योजना बनाना भविष्य को वर्तमान में लाना है, ताकि आप उसके बारे में अभी कुछ कर सकें। –एलन लेकीन

६ बुद्धिमान व्यक्ति की अंतरात्मा उसे बता देती है कि कोई योजना सफल होगी या नहीं। –विष्णु शर्मा

७ किसी बुद्धिमान व्यक्ति से परामर्श लेकर बनाई गई योजना कभी भटकती नहीं है। –पंचतंत्र

८ उन दृढ़ लोगों को कोई बाधा नहीं आती, जो जानते हैं कि वे क्या कर सकते हैं और उसे कैसे करना है। –तिरुवल्लुवर

९ जीवन का हर छोटा कार्य सफलता की तरफ उठा हुआ छोटा कदम होता है, इसलिए अपने छोटे–छोटे कार्यों को अरुचि से न देखें। अपनी हर क्रिया में रुचि लाएँ। अपने हर कर्म का मेल अपने लक्ष्य के साथ बिठाने की योजना बनायें। –सरश्री

१० एक सटीक, निश्चित, पक्की कार्ययोजना निर्धारित करें, उसे इस तरह लिखें जिसे पढते ही आपको रोमांच महसूस हो और फिर बिना पीछे देखे उसे शुरू कर दें। यह आदत सत्य अभिव्यक्ति के लिए आवश्यक है। –सरश्री

लगन

१ लगन का अर्थ है १९ बार असफल होने के बाद २० वीं बार सफल होना।

–जे. एंड्रूज

२ बारिश की बूँदें पत्थर में छेद कर देती हैं : शक्ति से नहीं, बल्कि लगातार गिरकर। –लुक्रेशियस

३ डाक टिकट जैसे बनें – एक ही चीज से तब तक चिपके रहें, जब तक कि मंजिल पर न पहुँच जाएँ। –जोश बिलिंग्स

४ अगर आप पहली बार में सफल न हों, तो बार–बार कोशिश करते रहें।

–विलियम एडवर्ड हिक्सन

५ दिया जलाए रखने के लिए हमें इसमें लगातार तेल डालना होता है।

–मदर टेरेसा

६ लंबी सीढी एक–एक पायदान करके चढी जाती है। –जॉर्ज हरबर्ट

७ दूसरे आविष्कारकों के साथ समस्या यह है कि वे कई प्रयोगों में असफल होने के बाद हार मान लेते हैं। मैं तब तक जुटा रहता हूँ, जब तक कि मुझे मनचाही चीज न मिल जाए। –थॉमस एडिसन

८ समुद्र मंथन करते समय देवता अमूल्य रत्न पाकर ही संतुष्ट नहीं हुए, न ही वे तक्षक की भयंकर विषज्वाला से भयभीत हुए। जब तक उन्हें अमृत नहीं मिल गया, तब तक वे लगातार परिश्रम करते रहे और उन्होंने तनिक भी विश्राम नहीं किया। इसी प्रकार धैर्यवान मनुष्य भी अपने सोचे कार्य को पूर्ण किए बिना कदापि नहीं रहते। –भर्तृहरि

९ जो भी काम करें, वह पूरे विश्वास व लगन के साथ करें। आस्था और दृढ. इच्छा शक्ति से दुनिया के कठिन से कठिन कार्य भी आसान हो जाते हैं।

– सरश्री

लक्ष्य

१ एकसूत्रीय लक्ष्य जीवन में सफलता का प्रमुख तत्व है, चाहे लक्ष्य कुछ भी हो। –जॉन डी. रॉकफेलर

२ अगर आप लक्ष्य को भेदना चाहते हैं, तो इसके थोड़ा ऊपर निशाना साधें। हर उड़ने वाला तीर गुरुत्वाकर्षण का शिकार होता है। –लॉन्गफेलो

३ सभी सफल लोगों के पास एक लक्ष्य होता है। कोई भी कहीं नहीं पहुँच सकता, जब तक कि वह यह न जानता हो कि वह कहाँ जाना चाहता है और क्या बनना या करना चाहता है। –नॉर्मन विन्सेंट पील

४ सभी सफल लोग लक्ष्य वाले लोग होते हैं। वे किसी विचार, प्रोजेक्ट, योजना को कसकर पकड़ लेते हैं और अपनी पकड़ ढीली नहीं करते हैं... उद्‌देश्य के प्रति उनकी गहनता बाधाओं के बढ़ने के साथ बढ़ती जाती है।

–जेम्स एलन

५ लक्ष्य के बिना इंसान वैसा ही होता है, जैसे रडार के बिना जहाज। –कार्लायल

६ अधिकांश बड़े लक्ष्य हासिल न हो पाने की वजह यह है कि हम छोटी चीजों को पहले करने में समय बर्बाद कर देते हैं। –रॉबर्ट जे. मैकैन

७ जीवन में दो चीजों का लक्ष्य होना चाहिए : पहली तो वह पाना जिसे आप पाना चाहते हैं और उसके बाद उसका आनंद लेना। सबसे समझदार लोग ही दूसरे लक्ष्य को हासिल कर पाते हैं। –लोगन पियरसैल स्मिथ

८ प्रेरणा के लिए सबसे महत्वपूर्ण बात है लक्ष्य तय करना। आपका हमेशा एक लक्ष्य रहना चाहिए। –फ्रांसी स्मिथ

९ लक्ष्य से आपकी योजना को आकार मिलता है, योजना से आपका कर्म तय होता है, कर्म से परिणाम हासिल होते हैं और परिणाम से आपको सफलता मिलती है। और यह सब लक्ष्य से शुरू होता है। –शैड हेल्म्सटेटर

१०. अगर आप पूर्व दिशा में जाना चाहते हैं, तो पश्चिम की तरफ न जाएँ।

— रामकृष्ण परमहंस

११. अपना (अ.प.न.अ.) लक्ष्य प्राप्त करें, जहाँ 'अ' अकंप मन के लिए है, 'प' प्रेममय मन बनाने का लक्ष्य है, 'न' और 'अ' निर्मल और अखंड आज्ञाकारी मन का निर्माण है। जब 'अपना' लक्ष्य हमारे जीवन का विमान चलाता है, तब सफलता का शिखर यानी पृथ्वी लक्ष्य हमें प्राप्त होता है। —सरश्री

१२. जितना बड़ा लक्ष्य हम बनाते हैं, उतनी ज्यादा शक्ति कुदरत हमें प्रदान करती है, कुदरत के नियम समझने वाले कभी छोटा लक्ष्य नहीं बनाते। —सरश्री

लोभ

१. हर प्रलोभन व्यक्ति के अनुसार छोटा या बड़ा होता है। —जेरेमी टेलर

२. प्रलोभन शायद ही कभी काम करते समय आता है। इंसान बनता या बिगड़ता तो फुरसत के पलों में है। —डब्ल्यू. एम. टेलर

३. पृथ्वी हर मनुष्य की आवश्यकता को संतुष्ट करने के लिए पर्याप्त देती है, लेकिन हर व्यक्ति के लोभ को नहीं। —गाँधी

४. सिर्फ बोलते रहने और जरा भी न सुनने की इच्छा लोभ है। —डेमोक्रिटस

५. क्रोध मनुष्य का अजेय शत्रु है और लोभ असाध्य रोग। —महाभारत

६. प्रलोभन से छुटकारा पाने का सिर्फ एक ही उपाय है कि हम उसके आगे झुक जाएँ। —ऑस्कर वाइल्ड

७. लालच का कुआँ कभी नहीं भरता। लोभ ही लोभी इंसान का दुश्मन है, क्योंकि लालच का कोई अंत नहीं। —सरश्री

८. लोभ और लक्ष्य के बीच चुनाव करने पर लोग अक्सर लोभ को पहले चुनते हैं। सत्य और सुविधा में चुनाव करने की बारी आने पर लोग सुविधा को चुनते हैं। —सरश्री

९. कामचोरी काली है तो लालच लाल है, जिसे देख लोभी का बैल बिदकता है। —सरश्री

विचार

१ एक विचार - विचार की अचानक उठी कौंध* का मूल्य लाखों डॉलर हो सकता है। –रॉबर्ट कॉलियर

२ विचार समूची दौलत का शुरुआती बिंदु है। –नेपोलियन हिल

३ विचार कर्म का बीज है। –इमर्सन

४ कोई भी सेना उस विचार की शक्ति का सामना नहीं कर सकती, जिसका समय आ चुका हो। –विक्टर ह्यूगो

५ मनुष्य अपने कार्यों से दूसरों को नुकसान पहुँचाते हैं, अपने विचारों से स्वयं को। –ऑगस्टस विलियम हेयर और जूलियस चार्ल्स हेयर

६ विचार हवा है, ज्ञान पतवार है और मानव जाति नाव है।

–ऑगस्टस विलियम हेयर

७ चिंतक मर जाता है, लेकिन उसके विचार नष्ट नहीं होते। मनुष्य नश्वर है, लेकिन विचार अमर हैं। –वाल्टर लिपमैन

८ हममें से हर एक के दिमाग में करोड़ों डॉलर के विचार भरे हैं। समस्या यह है कि ज्यादातर लोग यह नहीं जानते कि उस विचार को करोड़ों डॉलर में कैसे बदला जाए। –रॉबर्ट कियोसाकी

९ यदि आप संसार में किसी विचार की हत्या करना चाहते हों, तो उस पर काम करने के लिए एक कमेटी नियुक्त कर दें। –चार्ल्स एफ. केटरिंग

१० मैं हमेशा मानता हूँ कि लोगों के कार्य ही उनके विचारों के सर्वोत्तम व्याख्याता होते हैं। –जॉन लॉक

---

* *चमक*

११. किसी मनुष्य के विचारों का अनुमान उसके शब्दों या कार्यों से ही लगाया जा सकता है।   -जॉर्ज वॉशिंगटन

१२. जिस विचार को विकसित करके काम में बदल दिया गया है, वह उस विचार से ज्यादा महत्त्वपूर्ण है, जिसका अस्तित्व सिर्फ विचार के रूप में ही है। -बुद्ध

१३. हम जो हैं, वह सब विचारों का फल है। मन ही सब कुछ है। जो हम सोचते हैं, वही बन जाते हैं।   -बुद्ध

१४. एक विचार से ज्यादा खतरनाक कुछ नहीं है, जब आपके पास सिर्फ एक ही विचार हो।   -एमाइल ऑगस्ट चार्टियर

१५. असल सवाल यह नहीं है कि क्या मशीनें सोचती हैं; असल सवाल तो यह है कि क्या मनुष्य सोचते हैं।   -बी. एफ. स्किनर

१६. विचार जब दिशा पाकर विचारायाम का रूप लेते हैं तब दुख की मान्यकथा का भोग लगता है। विचार जब साक्षी का ध्यान पाकर बंद होते हैं तब स्वयं का साक्षात्कार होता है।   -सरश्री

१७. बिना मनन के हीरे भी कोयले हैं।   -सरश्री

विनम्रता

१ ईश्वर के दो निवास हैं : एक स्वर्ग में और दूसरा विनम्र तथा कृतज्ञ हृदय में।

– आइज़ैक वाल्टन

२ विनम्रता सभी गुणों की मजबूत बुनियाद है। –कनफ्यूशियस

३ मेरा मानना है कि सचमुच महान व्यक्ति का पहला इम्तहान उसकी विनम्रता है। –जॉन रस्किन

४ विनम्र व्यक्ति वह होता है, जो रुचि के साथ वे चीजें सुनता है, जिनके बारे में वह सब कुछ जानता है और उस व्यक्ति के मुँह से सुनता है, जो उनके बारे में कुछ नहीं जानता। –डे मॉर्नी

५ जीवन विनम्र बनाने वाला एक लंबा सबक है। –जेम्स एम. बैरी

६ जो लोग रिश्तों में झुकना ही नहीं जानते, वे कभी प्रेम, आनंद और सफलता प्राप्त नहीं कर सकते। –सरश्री

७ यदि आप सच कह रहे हैं, तो आपको अकड़कर कहने का अधिकार नहीं मिला है। सच नम्रता से भी कहा जा सकता है। –सरश्री

 # विपत्ति

१ विपत्ति जैसी कोई शिक्षिका नहीं है। －बेंजामिन डिजराइली

२ काम मानव जाति पर आने वाली सभी विपत्तियों और दुःखों का महान उपचार है। －कार्लायल

३ आग सोने को परखती है, विपत्ति महान मनुष्यों को। －सेनेका

४ मैं ऐसे किसी प्रतिभाशाली व्यक्ति को नहीं जानता, जिसे ईश्वर प्रदत्त इस वरदान के बदले में शारीरिक या आध्यात्मिक स्तर पर कोई विपत्ति या दोष न भोगना पड़ा हो। －सर मैक्स बीरबॉम

५ जब विपत्ति चोट करती है, तो रोने से कोई फायदा नहीं होता, इससे सिर्फ दुःख बढ़ता है। －पंचतंत्र

६ बुरे समय में भी मनुष्य को आशा नहीं छोड़नी चाहिए, क्योंकि कोशिश करने पर वह निश्चित रूप से समाधान खोज सकता है। －पंचतंत्र

७ जो विपत्ति की आशंका को भाँपकर कार्य करता है, वह बच जाता है, जबकि जो इसे भाँपने में असफल रहता है, वह दुःखी रहता है। －पंचतंत्र

८ कटा हुआ वृक्ष फिर से हरा-भरा हो जाता है और क्षीण हुआ चंद्रमा फिर से बड़ा हो जाता है। यह सोचकर सत्पुरुष अपनी विपत्ति से दुःखी नहीं होते।

－भर्तृहरि

९ जो नहीं थकता है, वह विपत्ति को थका देता है। －अज्ञात

१० हँसने के साथ समस्या छोटी हो जाती है और समाधान तुरंत दिखाई देता है।

－सरश्री

११ दुःख के कारणों की समझ ही दुःख का इलाज है। －सरश्री

विवाह

१ आदमियों को अपनी आँखें शादी से पहले पूरी खुली रखनी चाहिए और शादी के बाद आधी बंद। –मैडम स्कूडेरी

२ विवाह एक घिरा हुआ किला है, बाहर वाले जिसके अंदर आना चाहते हैं, अंदर वाले बाहर निकलना चाहते हैं। –अरबी कहावत

३ किसी महिला के हृदय का रास्ता आपके पर्स से होकर गुजरता है। –फ्रैंक डेन

४ बुरे चरित्र की महिला, जिसे हमेशा लड़ने में मजा आता है, अपने पति को असमय ही बूढा कर देती है। –विष्णु शर्मा

५ सफलता की राह उन महिलाओं से भरी हुई है, जो अपने पतियों को अपने साथ खींच रही हैं। –लॉर्ड थॉमस रॉबर्ट डेवर

६ विवाह भी जीवन की तरह है - यह युद्ध का मैदान है, गुलाबों की सेज नहीं है। –आर.एल. स्टीवेन्सन

७ जब कोई पुरुष अपनी पत्नी के लिए कार का दरवाजा खोलता है, तो या तो कार नई होती है या पत्नी। –प्रिंस फिलिप

८ मैं जिस सबसे सुखद विवाह की कल्पना कर सकता हूँ, वह है एक बहरे आदमी का अंधी औरत के साथ मिलन। –सेम्युअल टेलर कॉलेरिज

९ पत्नी के बिना मकान को घर नहीं कहा जा सकता; यह तो रेगिस्तान होता है। –पंचतंत्र

१० प्रेम विवाह की सुबह है और विवाह प्रेम का सूर्यास्त। –फ्रांसीसी सूक्ति

११ प्रेम से भरे रिश्ते भरपूर आनंद का संकेत देते हैं। प्रेम से खाली रिश्ते खाली डिब्बों की तरह केवल बजते हैं। –सरश्री

१२ जो भाग्य से मुक्त वह भाग्यशाली, जो कर्म से मुक्त वह निरअहंकारी, जो मुक्ति से मुक्त वह 'तेजसंसारी'। –सरश्री

विश्वास

१. विश्वास उस पक्षी के समान है, जो सवेरा होने से पूर्व के अंधकार में ही चहचहाने लगता है। —टैगोर

२. अतीत के लोगों के पास विश्वास था, जबकि हम आधुनिक लोगों के पास सिर्फ राय है। —एच. हीन

३. सफल होने के लिए आपको किसी चीज में इतनी प्रबल भावना से विश्वास करना होता है कि यह वास्तविकता में बदल जाए। —अनीता रोडिक

४. जैसा मनुष्य को विश्वास होता है, वैसा ही वह काम करेगा। —सैम हैरिस

५. मैंने ८२ लोगों के साथ क्रांति शुरू की थी। यदि यह काम मुझे दोबारा करना हो, तो मैं इसे १०-१५ लोगों से शुरू करूँगा, जिनमें पूर्ण आस्था हो। यदि आपके पास आस्था और कार्ययोजना है, तो इससे कोई फर्क नहीं पड़ता कि आप कितने छोटे हैं। —फिडेल कास्त्रो

६. अंधविश्वास मान्यताएँ कम, आदतें ज्यादा हैं। —मरलीन डीट्रिच

७. बिना परीक्षण के भरोसा न करें और फिर विश्वसनीय व्यक्तियों के लिए उचित काम खोजें। —तिरुवल्लुवर

८. विश्वास की लाली से ही जीवन की काली रात कट जाती है और सफलता का सूरज चमक उठता है। —सरश्री

९. विश्व में बहुत कम लोग हैं जो यह सोच पाते हैं कि मेरे अंदर का ईश्वरीय विश्वास पूर्ण जगत में कैसे फैले। विश्वास रखें कि अगर कोई काम विश्व का एक इंसान कर सकता है, तो वह काम आप भी कर सकते हैं।

—सरश्री

व्यवसाय

१ अगर आप एक बिजनेस अच्छी तरह चला सकते हैं, तो आप कोई भी बिजनेस अच्छी तरह चला सकते हैं। –रिचर्ड ब्रान्सन

२ किसी पुस्तक को शुरुआत से अंत तक पढा जाता है। बिजनेस इसके विपरीत तरीके से चलाया जाता है। आप अंत से शुरू करते हैं और फिर हर वह चीज करते हैं, जो उस तक पहुँचने के लिए करनी होती है। –हेरोल्ड जेनीन

३ जो व्यवसाय पैसे के सिवा कुछ नहीं बनाता, वह खराब किस्म का व्यवसाय है। –हेनरी फोर्ड

४ व्यवसाय का रहस्य कोई ऐसी चीज जानना है, जो कोई दूसरा न जानता हो।

–एरिस्टोटल सोक्रेटीज ओनासिस

५ कभी भी किसी काम को सिर्फ इसलिए न ठुकराएँ, क्योंकि आप उसे बहुत छोटा मानते हैं; आपको नहीं पता कि वह आपको कहाँ ले जा सकता है।

–जूलिया मॉर्गन

६ एक अच्छा बिजनेस मैनेजर सेल्स डिपार्टमेंट के लिए आशावादियों को चुनता है और अकाउंट्स डिपार्टमेंट के लिए निराशावादियों को। –अज्ञात

७ पूँजी बिजनेस में खास महत्वपूर्ण नहीं है। अनुभव भी ज्यादा महत्त्वपूर्ण नहीं है। आपको ये दोनों चीजें मिल सकती हैं। महत्त्वपूर्ण तो हैं विचार। यदि आपके पास विचार हैं, तो आपके पास अपनी जरूरत की सबसे प्रमुख संपत्ति है और इस बात की कोई सीमा नहीं है कि आप अपने बिजनेस और जीवन में क्या कर सकते हैं। –हार्वे फायरस्टोन

८ जब भी आप कोई सफल कंपनी देखें, तो यह समझ लें कि किसी ने कभी एक साहसिक निर्णय लिया था। –पीटर एफ. ड्रकर

९ ध्यान मंजिल है रास्ता नहीं। धन रास्ता है मंजिल नहीं। धन सब कुछ है लेकिन कुछ नहीं, ध्यान कुछ नहीं लेकिन सब कुछ है। –सरश्री

शक्ति

१. दुनिया में सिर्फ दो ही शक्तियाँ हैं : तलवार और कलम; और अंत में कलम हमेशा तलवार पर विजय पाती है। −नेपोलियन

२. दुनिया का सबसे शक्तिशाली इंसान वह है, जो अकेला खड़ा होता है। −हेनरिक इब्सन

३. सबसे शक्तिशाली वह है, जिसका स्वयं पर नियंत्रण है। −सेनेका

४. शक्ति का एकमात्र लाभ यह है कि आप ज्यादा नेकी कर सकते हैं। −सेनेका

५. शब्दों में मंत्र की शक्ति है, लेकिन जब आप शब्दों का इस्तेमाल गाली, चुगली, निंदा और कपट के लिए करते हैं, तब उनमें से शक्ति खत्म हो जाती है। −सरश्री

६. भक्ति की शक्ति से जब युक्ति जुड़ती है तब मुक्ति मिलती है इसलिए भक्ति की शक्ति को मामूली नहीं, शक्तिशाली समझें। −सरश्री

शब्द

१ शब्द महान हैं, लेकिन मौन ज्यादा महान है। –कार्लायल

२ शब्दों से हम मनुष्यों पर शासन करते हैं। –डिजराइली

३ बुद्धिमान व्यक्ति एक शब्द सुनता है और दो समझता है। –यहूदी सूक्ति

४ अच्छा काम करना अच्छी बात कहने से बेहतर है। –बेंजामिन फ्रैंकलिन

५ शब्दों का ज्ञान बुद्धिमत्ता का द्वार है। –विल्सन

६ जो बात दिल से निकलती है, वह दिल तक पहुँचती है।
–सेम्युअल टेलर कॉलरिज

७ वह व्यक्ति धन्य है, जिसके पास जब कहने को कुछ नहीं होता, तो वह शब्द बोलकर इसका प्रमाण नहीं देता। –जॉर्ज इलियट

८ सबसे महत्त्वपूर्ण बातें कहना सबसे मुश्किल होता है, क्योंकि शब्द उनका महत्व घटा देते हैं। –स्टीफन किंग

९ वादे सिर्फ शब्द हैं और शब्द सिर्फ हवा। –सेम्युअल बटलर

१० सबसे कम शब्दों वाले लोग सबसे अच्छे होते हैं। –शेक्सपियर

११ जब भी विचार असफल होते हैं, मनुष्य शब्दों का आविष्कार कर लेते हैं।
–मार्टिन एच. फिशर

१२ 'अच्छा' शब्द के कई अर्थ होते हैं। उदाहरण के लिए, अगर कोई आदमी अपनी दादी को पाँच सौ गज दूर से गोली मार दे, तो मैं उसे अच्छा निशानेबाज कहूँगा, अच्छा इंसान नहीं। –जी. के. चेस्टरटन

१३ ज्ञान अखंड है, लेकिन बुद्धि के परे है, इसलिए उसे खंडित (टुकड़े) करके समझना होता है। मौन अखंड ज्ञान है, शब्द खंडित ज्ञान है। –सरश्री

१४ शब्द मात्र कुल्फी की डंडी हैं। कुल्फी खाते ही डंडी फेंक देनी है। शब्द मौन तक पहुँचाए, तो शब्दों ने अपना काम पूरा किया। −सरश्री

१५ सकारात्मक शब्दों में वह तरंग है जो आपको स्वास्थ्य प्रदान करती है इसलिए सदा आशावादी व प्रेरणा देनेवाले शब्द इस्तेमाल करें। प्रेम, आनंद और मौन जैसे शब्द गुनगुनाते रहें। −सरश्री

शत्रु

१ अगर हम अपने शत्रुओं का गोपनीय इतिहास पढ. सकें, तो हमें उनके जीवन में इतने दु:ख और कष्ट मिलेंगे कि हमारी सारी शत्रुता खत्म हो जाएगी।

–लॉन्गफेलो

२ अगर आप शत्रु बनाना चाहते हैं, तो दूसरों से आगे निकल जाएँ; अगर दोस्त बनाना चाहते हैं, तो दूसरों को खुद से आगे निकल जाने दें। –कोल्टन

३ आप अपने शत्रु के लिए जो आग जलाते हैं, वह अक्सर उसके बजाय आपको ही जला देती है। –चीनी सूक्ति

४ यदि अंदर कोई शत्रु नहीं है, तो बाहर के शत्रु तुम्हें नुकसान नहीं पहुँचा सकते। –अफ्रीकी कहावत

५ अपने शत्रुओं और रोगों का दमन शुरू में ही कर दो, वरना वे ताकतवर बनकर तुम्हें नष्ट कर देंगे। –विष्णु शर्मा

६ किसी शत्रु के चंगुल से बच निकलने के दो ही तरीके हैं : लड़ने के लिए अपने हाथों का इस्तेमाल करो या भागने के लिए पैरों का। –पंचतंत्र

७ बुद्धिमान मनुष्य अपने शत्रुओं से इतना लाभ उठा लेता है, जितना मूर्ख अपने मित्रों से भी नहीं उठाता। –बाल्तेसर ग्रेशियन

८ तीव्र परिवर्तन के दौर में अनुभव आपका सबसे बुरा शत्रु हो सकता है।

–जे. पॉल गेटी

९ आत्म विकास करते-करते दुश्मनों (अवगुणों) से मुक्ति मिलती है और दोस्तों (गुणों) में बढोतरी होती है तथा शारीरिक, मानसिक, आर्थिक, सामाजिक और आध्यात्मिक उन्नति होती है। –सरश्री

शिक्षा

१ शिक्षा की जड़ें कड़वी हैं, लेकिन फल मीठे हैं। –अरस्तू

२ किसी इंसान को मछली देकर आप एक दिन के लिए उसका पेट भर देंगे। लेकिन अगर आप उसे मछली पकड़ना सिखा दें, तो आप जिंदगी भर के लिए उसका पेट भर देंगे। –चीनी सूक्ति

३ शिक्षक उस मोमबत्ती की तरह है, जो खुद जलकर दूसरों को प्रकाश देती है। –रफिनी

४ उदाहरण मानव जाति की पाठशाला है और वे किसी दूसरी पाठशाला में नहीं सीखते हैं। –बर्क

५ शिक्षा महँगी होती है, लेकिन अशिक्षा ज्यादा महँगी होती है। –क्लॉस मोजर

६ शिक्षा जीवन की तैयारी नहीं, स्वयं जीवन है। –जॉन ड्यूई

७ शास्त्रों का ज्ञान असीमित है और सीखने के विषय बहुत सारे हैं। हमारे पास सीमित समय है और सीखने की राह में कई बाधाएँ हैं। इसलिए सीखने के लिए सबसे महत्त्वपूर्ण चीज ही चुनें, जिस तरह हंस पानी में से सिर्फ दूध पीते हैं। –चाणक्य

८ खाली दिमाग वालों को शिक्षा से कोई लाभ नहीं हो सकता। मलय पर्वत पर चंदन के पेड़ों के साथ रहने पर भी बाँस उनके गुणों को ग्रहण नहीं कर पाता है। –चाणक्य

९ बुरे आदमी को लाख शिक्षा दो, लेकिन वह पवित्र नहीं बन सकता, जिस तरह नीम के पेड़ पर ऊपर से नीचे तक दूध-घी छिड़कने पर भी वह मीठा नहीं बन सकता। –चाणक्य

१० शास्त्र उस व्यक्ति का क्या भला कर सकते हैं, जिसमें खुद की समझ न हो? दर्पण अंधे आदमी के किस काम का है? –चाणक्य

११ हर चीज की सीमा होती है - लोहे को शिक्षित करके सोना नहीं बनाया जा सकता। –मार्क ट्वेन

१२ जीवन एक पाठशाला है, यहाँ सभी अपने पाठ सीखने आए हैं। आप जीवन की पाठशाला में अपने पाठ सीखें, अपनी गीता पढें, दूसरों की नकल करके अपना लक्ष्य न भूलें। –सरश्री

श्रेय

१. अच्छे कामों का श्रेय तो हम हमेशा खुद लेते हैं और बुरे कामों को तकदीर के खाते में डाल देते हैं।   –ला फोन्टेन

२. आलोचक महत्त्वपूर्ण नहीं होता; न ही वह आदमी, जो बताता है कि शक्तिशाली लोग किस तरह लड़खड़ाए थे, या काम करने वाला कहाँ बेहतर काम कर सकता था। श्रेय तो उस आदमी को जाता है, जो सचमुच मैदान में उतरता है, जिसका चेहरा धूल, पसीने, खून से लथपथ है और जो वीरता से संघर्ष करता है।   –थियोडोर रूजवेल्ट

३. दुनिया में कोई भी चीज लगन की जगह नहीं ले सकती। योग्यता नहीं; असफल योग्य लोगों से ज्यादा आम कुछ नहीं है। प्रतिभा भी नहीं; अपुरस्कृत प्रतिभाशाली व्यक्ति हर जगह नजर आते हैं। शिक्षा भी नहीं; दुनिया शिक्षित आवाराओं से भरी पड़ी है। लगन और संकल्प ही सर्वशक्तिमान हैं। 'जुटे रहो' नारे ने मानव जाति की समस्याएँ सुलझाई हैं और हमेशा सुलझाएगा।

    –कैल्विन कूलिज

४. मन ईश्वर का औजार है, मन का औजार है बुद्धि। बुद्धि शरीर को चलाती है, शरीर संसार के कार्यों को पूर्ण करता है लेकिन इस बात का श्रेय मन खुद लेता है। उसे यह पता नहीं कि वह केवल निमित्त है। यह बात पता चलते ही मन का अहंकार समाप्त हो जाता है।   –सरश्री

संकल्प

१ कोशिश के कष्टकारी होने के बावजूद जो इंसान चलता रहता है, जीत उसी की होती है। –रॉजर बैनिस्टर

२ कोई भी महान चीज महान लोगों के बिना हासिल नहीं होगी और लोग तभी महान बनते हैं, जब वे इसका संकल्प करते हैं। –चार्ल्स द गाल

३ यदि आपका संकल्प अटूट है, तो निराश होने की आवश्यकता ही नहीं है। मेहनत और योग्यता का साथ हो, तो बहुत कम चीजें असंभव हैं। महान काम शक्ति से नहीं, बल्कि लगन से किए जाते हैं। –सेम्युअल जॉनसन

४ यह कौन सी शक्ति है, यह तो मुझे नहीं मालूम। मैं तो सिर्फ इतना जानता हूँ कि यह मौजूद है और यह तभी उपलब्ध होती है, जब मनुष्य ऐसी मानसिक अवस्था में होता है, जब वह सटीकता से जानता है कि वह क्या चाहता है और उसे पाने तक मैदान न छोड़ने का पूरा संकल्प कर लेता है।

–अलेक्जेंडर ग्राहम बेल

५ आपको जो करना ही है, उसे आप हमेशा कर सकते हैं, और कई बार तो अपनी उम्मीद से भी बेहतर कर सकते हैं। –जिमी कार्टर

६ यह आवश्यक नहीं है कि बाधाएँ आपको रोक लें। यदि आपके सामने दीवार आ जाती है, तो हार मानकर मुड़ने की जरूरत नहीं है। यह पता लगाएँ कि इस पर कैसे चढना है, इसके पार कैसे जाना है या इसके पास से घूमकर कैसे निकलना है। –माइकल जॉर्डन

७ जिसके पास जीने का कारण होता है, वह लगभग कैसी भी परिस्थिति को झेल सकता है। –नीत्शे

८ असफलता से सिर्फ यही साबित होता है कि सफल होने का हमारा संकल्प पर्याप्त शक्तिशाली नहीं था। –जॉन क्रिस्चियन बोवी

९. हमेशा याद रखें कि सफल होने का आपका संकल्प किसी भी दूसरी चीज से ज्यादा महत्त्वपूर्ण होता है। -अब्राहम लिंकन

१०. इंसान में विश्वास की शक्ति सुप्त अवस्था में है, आप उस शक्ति को जगाने की जिम्मेदारी लें, क्योंकि आप संकल्प शक्ति द्वारा जब चाहें, तब उसे जगा सकते हैं। -सरश्री

११. इंसान जब अपने अंदर सभी गुण एक साथ लाना चाहता है तब वह इस चाहत में नाकामयाब होता है। मगर जब वह एक-एक गुण चुनकर अपने अंदर लाने का संकल्प करता है तब वह खेल-खेल में सफल होकर सारे गुणों का स्वामी बन जाता है। -सरश्री

 # सत्य

१. समय मूल्यवान है, लेकिन सत्य समय से भी ज्यादा मूल्यवान है। −डिजराइली

२. बार-बार दोहराने से कोई झूठ सच नहीं बन जाता।
 −फ्रैंकलिन डी. रूजवेल्ट

३. सच बोलने का सबसे बड़ा लाभ यह है कि आपको यह याद नहीं रखना पड़ता कि आपने किससे क्या कहा था। −रॉबर्ट बेंसन

४. सत्य हमेशा सबसे प्रबल तर्क होता है। −सोफोक्लीज

५. सूक्तियाँ वे पैनी कीलें हैं, जो सच्चाई को हमारी स्मरणशक्ति पर जड़ देती हैं।
 −दिदरो

६. तथ्य बहुत सारे हैं, लेकिन सत्य सिर्फ एक है। −टैगोर

७. पानी आपको बाहर से शुद्ध करता है, सत्य अंदर से। −तिरुवल्लुवर

८. ईमानदारी की रोटी बड़ी अच्छी होती है − प्रलोभन तो घी का होता है।
 −डगलस जेरॉल्ड

९. कोई आदमी सच बोल रहा है, यह मानना तब मुश्किल होता है, जब आप जानते हैं कि उसकी जगह होने पर आप झूठ बोलते। −हेनरी लुइस मेंकेन

१०. यदि हमें जादू से एक-दूसरे के विचार पढ़ने की शक्ति मिल जाए, तो इसका पहला असर यह होगा कि सारी मित्रताएँ खत्म हो जाएँगी। −बरट्रेंड रसेल

११. यदि आप सारी गलतियों के द्वार बंद कर लेंगे, तो सत्य बाहर ही रह जाएगा। −रवीन्द्रनाथ टैगोर

१२. विज्ञान हमें सत्य देने का वादा करता है। इसने कभी भी शांति या खुशी देने का वादा नहीं किया है। −गुस्ताव ले बोन

१३ सत्य का आकर्षण जब बढ़ता है, तब माया का आकर्षण खत्म होता है।
                                                          −सरश्री

१४ सत्य के बारे में सोचना और सत्य सोचना, ये दो अलग बातें हैं। हमने आज तक सत्य के बारे में ही सोचा है मगर अब समय आया है सत्य सोचने का।
                                                          −सरश्री

सपना

१. कोई भी सपना तब तक सच नहीं होता, जब तक कि आप जागकर काम नहीं करते।
—अज्ञात

२. कुछ लोग स्वप्नलोक में रहते हैं, कुछ वास्तविकता का सामना करते हैं और कुछ विरले लोग स्वप्न को वास्तविकता में बदल देते हैं।
—डगलस एवरेट

३. मैंने एक हजार नई राहों का सपना देखा, लेकिन जागकर पुरानी राह पर ही चलने लगा।
—चीनी सूक्ति

४. जब आपका एक सपना सच हो जाता है, तो आप बाकी सपनों की ओर ज्यादा गौर से देखने लगते हैं।
—अज्ञात

५. सपना लक्ष्य तभी बनता है, जब इसे हकीकत में बदलने के लिए कर्म किया जाता है।
—बो बेनेट

६. चूँकि सपना आपके भीतर रहता है, इसलिए इसे आपसे कोई नहीं छीन सकता।
—टॉम क्लैंसी

७. जब मैं सपने देखती हूँ, तो मेरी उम्र थम जाती है।
—एलिजाबेथ कोट्सवर्थ

८. सपने आपको भविष्य में ले जाते हैं और वर्तमान में रोमांच भर देते हैं।
—रॉबर्ट कोंकलिन

९. अपने सपनों और वास्तविकता के बीच की दूरी से न घबराएँ। अगर आप इसका सपना देख सकते हैं, तो इसे साकार भी कर सकते हैं।
—बेल्वा डेविस

१०. ऐसे सपने देखें, जैसे आप हमेशा जिएँगे। ऐसे जिएँ, जैसे आप कल ही मर जाएँगे।
—जेम्स डीन

११. जब आप सपने देखना छोड़ देते हैं, तो आप जीना छोड़ देते हैं।
—मैल्कम स्टीवेंसन फोर्ब्स

१२ अगर आपके पास कोई सपना ही नहीं है, तो आप किसी सपने को सच कैसे कर सकते हैं? –ऑस्कर हैमरस्टीन

१३ सिर्फ मनुष्य के पास ही अपने विचारों को भौतिक वास्तविकता में रूपांतरित करने की शक्ति होती है। सिर्फ मनुष्य की सपने देख सकता है और अपने सपनों को सच कर सकता है। –नेपोलियन हिल

१४ आप जितने ज्यादा सपने देख सकते हैं, उतना ही ज्यादा हासिल कर सकते हैं। –माइकल कोर्डा

१५ आप अक्सर किसी व्यक्ति का मूल्यांकन उसके सपने के आकार से कर सकते हैं। –रॉबर्ट शुलर

१६ सपने सच होते हैं। अगर इसकी संभावना नहीं होती, तो प्रकृति हमें उन्हें देखने के लिए प्रेरित ही नहीं करती। –जॉन अपडाइक

१७ जब आपको सोचना ही है, तो क्यों न बड़ा सोचें? –डोनाल्ड ट्रम्प

१८ जीवन में जब ज्ञान, होश और दिशा आती है तब अपने आप सपनों को भी दिशा मिलने लगती है। –सरश्री

१९ टूटे सपने अपने-अपने। सपने विचारों का ही रूप हैं इसलिए सपने में ऐसा लगता है जैसे सच ही चल रहा हो, यह नींद में चलने वाला दिखावटी सत्य है। –सरश्री

सफलता

१ सफलता का सूत्र सरल है: सही चीज करें, सही तरीके से करें, सही समय पर करें। –अरनॉल्ड एच. ग्लासगो

२ सिर्फ दाएँ हाथ से ताली बजाने से कोई आवाज नहीं निकलेगी। –मलय सूक्ति

३ हमारी महानतम सफलता कभी न गिरने में नहीं है, बल्कि गिरने के बाद हर बार उठ खडे होने में है। – कनफ्यूशियस

४ सफलता का रहस्य साधारण चीजों को असाधारण तरीके से अच्छी तरह करना है। – जॉन डी. रॉकफेलर

५ देखें कि सफल लोग क्या करते हैं। क्यों? क्योंकि सफलता अपने पीछे सुराग छोड जाती है। – जिम रॉन

६ आपको खेल के नियम सीखने होंगे। और फिर बाकी किसी से भी बढ़िया खेलना होगा। – अल्बर्ट आइंस्टाइन

७ सफलता के फॉर्मूले का सबसे महत्त्वपूर्ण तत्व यह जानना है कि लोगों को साथ लेकर कैसे चला जाए। – थियोडोर रूजवेल्ट

८ सही समय, काम और जगह चुन लेंगे, तो आप आसानी से दुनिया जीत सकते हैं। – तिरुवल्लुवर

९ सच्ची सफलता के लिए खुद से ये चार सवाल पूछें : क्यों? क्यों नहीं? मैं क्यों नहीं? अभी क्यों नहीं? –जेम्स एलन

१० क्या आप चाहते हैं कि मैं आपको सफलता का फॉर्मूला बताऊँ? यह दरअसल बहुत ही आसान है। अपनी असफलता की दर दोगुनी कर लें। आप असफलता को सफलता का शत्रु मानते होंगे, लेकिन ऐसा कतई नहीं है। आप असफलता से हताश हो सकते हैं या फिर इससे सीख सकते हैं, इसलिए आगे बढें और

गलतियाँ होने दें। जितनी गलतियाँ कर सकें, सारी कर लें। क्योंकि याद रखें, सफलता आपकोवहीं मिलेगी। –थॉमस जे. वाटसन

११ मैं मानता हूँ कि बाधा जितनी बड़ी होती है, विजय भी उतनी ही बड़ी होती है। –जॉन एच. जॉनसन

१२ सफलता उन लोगों के पास नहीं आती, जो इंतजार करते रहते हैं... और यह किसी के अपने पास आने का इंतजार भी नहीं करती। –अज्ञात

१३ आत्मविश्वास सफलता की एक महत्त्वपूर्ण कुंजी है। आत्मविश्वास की एक महत्त्वपूर्ण कुंजी है तैयारी। –आर्थर ऐश

१४ जीवन में बहुत से असफल लोगों को यह एहसास ही नहीं होता कि जब उन्होंने कोई काम छोड़ा था, तो वे सफलता के कितने करीब थे। –थॉमस एडिसन

१५ मेरी नजर में सफलता लक्ष्य नहीं, परिणाम है। –गुस्ताव फ़्लाबर्ट

१६ कड़ी मेहनत के बिना सफलता की आशा करना वहाँ फसल काटने की कोशिश करना है, जहाँ आपने बोया ही नहीं है। –डेविड ब्लाई

१७ असफलता का डर सफलता की राह में सबसे बड़ा अवरोध है।

–स्वेन गोरन एरिक्सन

१८ प्रतिष्ठा बनाने में २० साल लगते हैं और मिटाने में पाँच मिनट। अगर आप इस बात को ध्यान में रखते हैं, तो आप अलग तरह से काम करेंगे।

–वॉरेन बफेट

१९ सफल व्यक्ति वह है, जो दूसरों की मारी ईंटों से मजबूत नींव बना सकता है।

–डेविड ब्रिंकले

२० जो लोग अंदर की आँख (ज्ञान) खोल देते हैं, वे असाधारण सफलता प्राप्त करते हैं। –सरश्री

२१ अपनी संभावनाओं और विश्व की जरूरत को मनन की शक्ति द्वारा पहले ही देख पाना सफलता का रहस्य है। –सरश्री

समय

१ यह न कहें कि आपके पास पर्याप्त समय नहीं है। आपके पास एक दिन में उतने ही घंटे हैं, जितने हेलन केलर, पास्चर, माइकल एन्जेलो, मदर टेरेसा, लियोनार्डो द विंची, थॉमस जेफरसन और अल्बर्ट आइंस्टीन को दिए गए थे।
–एच. जैक्सन ब्राउन

२ जो लोग अपने समय का सबसे बुरा उपयोग करते हैं, वही सबसे पहले इसकी कमी का रोना रोते हैं। –जीन डे ला ब्रूयर

३ समय की हमें सबसे ज्यादा कमी होती है, लेकिन इसी का हम सबसे ज्यादा दुरुपयोग करते हैं। –विलियम पेन

४ क्या आप जिंदगी से प्रेम करते हैं? तो फिर समय बर्बाद न करें, क्योंकि जिंदगी इसी से बनी है। –बेंजामिन फ्रैंकलिन

५ जो व्यक्ति एक घंटा बर्बाद करने की हिमाकत करता है, वह जीवन के मूल्य को समझ नहीं पाया है। –चार्ल्स डार्विन

६ समय की रेत पर कदमों के निशान बैठकर नहीं छोडे. जाते। –अज्ञात

७ भविष्य वह है, जिसकी तरफ हर व्यक्ति साठ मिनट प्रति घंटे की गति से जा रहा है, चाहे वह जो भी हो। –सी.एस. लुइस

८ सफलता और असफलता के बीच की महान विभाजक रेखा सिर्फ पाँच शब्दों में बताई जा सकती है : 'मेरे पास समय नहीं था।' –फ्रैंकलिन फील्ड

९ मैंने यह देखा है कि ज्यादातर सफल लोग उस समय में आगे बढ. जाते हैं, जिसे दूसरे बर्बाद करते हैं। –हेनरी फोर्ड

१० जो समय को अपने ऊपर शासन करने देता है, वह गुलाम जैसा जीवन जीता है। –जॉन आरथ्रोन

११ जो भी निरंतर सफलता चाहता है, उसे समय के साथ अपना व्यवहार बदलते रहना चाहिए। —मैकियावली

१२ बुद्धिमान व्यक्ति भी अगर गलत समय पर बोल दे, तो उसका अपमान हो जाएगा। —विष्णु शर्मा

१३ बुरी खबर यह है कि समय उड़ता है। अच्छी खबर यह है कि आप पायलट हैं। —माइकल एल्थसुलर

१४ समझदार आदमी जिस काम को तत्काल करता है, मूर्ख उसे सबसे अंत में करता है। दोनों एक ही चीज करते हैं; बस समय का फर्क होता है।

—बाल्तेसर ग्रेशियन

१५ बीते हुए कल को अपना आज बर्बाद न करने दें। —रिचर्ड एच. नेल्सन

१६ अक्सर किसी काम के बारे में लंबा सोच-विचार करने से वह हो ही नहीं पाता है। —इवा यंग

१७ आज से एक साल बाद आप सोचेंगे कि काश मैंने आज ही यह काम शुरू कर दिया होता। —करेन लैंब

१८ जो सही है, उसे करने के लिए समय हमेशा सही होता है।

—मार्टिन लूथर किंग जूनियर

१९ हे ईश्वर, तुम जानते हो कि मैं आज कितना व्यस्त रहूँगा; अगर मैं तुम्हें भूल भी जाऊँ, तो तुम मुझे मत भूलना। —सर जैकब एस्टली

२० लोग कहते हैं, समय चला गया? ओह नहीं, समय तो यहीं रहता है, हम चले जाते हैं। —ऑस्टिन डॉब्सन

२१ गुमशुदा, कल, सूर्योदय और सूर्यास्त के बीच के दो सुनहरे घंटे, जिनमें हीरे के साठ मिनट जड़े थे। खोने वाले को कोई पुरस्कार नहीं दिया जाएगा, क्योंकि वे हमेशा-हमेशा के लिए चले गए हैं। —होरेस मान

२२ कानून उस डाकू को नहीं पकड़ता है, जो इंसान की सबसे बेशकीमती चीज चुराता है : समय। —नेपोलियन

२३ समय काटने का मतलब दरअसल यह है कि समय हमें काट रहा है।

-सर ओस्बर्ट सिटवेल

२४ कुछ लोग ध्यान करने को 'समय की बरबादी' कहते हैं, लेकिन वे जब ७ से १० घंटे सोते हैं, उस समय का हिसाब लगाना भूल जाते हैं। ध्यान समय की बरबादी नहीं, बल्कि एक आवश्यक निवेश है, जिसके बिना हम अपनी पूरी योग्यता से काम नहीं कर सकते। -सरश्री

२५ समय तो है झूठ पुराना, नशे में जहाँ है, स्वअनुभव को देखो, तेजस्थान (हृदय) जहाँ है। -सरश्री

२६ संसार के खेल को ठीक से देखने के लिए समय की दूरबीन (अंतराल) आवश्यक है। -सरश्री

समस्या

१. मुश्किल दिखते ही सुलझा लें, क्योंकि आप इसे जितने समय तक नहीं सुलझाएँगे, यह उतनी ही ज्यादा बड़ी होती जाएगी।   -अज्ञात

२. छत की मरम्मत करने का समय तब होता है, जब सूरज चमक रहा हो।

-जॉन एफ. केनेडी

३. हमारी समस्याएँ इंसान की बनाई हुई हैं, इसलिए इंसान उन्हें सुलझा भी सकता है।   -जॉन एफ. केनेडी

४. जीवन में समस्याएँ नहीं हैं, सिर्फ चुनौतियाँ हैं।   -अज्ञात

५. समस्या कभी पैसे की नहीं होती, हमेशा विचार की होती है।   -रॉबर्ट शुलर

६. हम जिन महत्त्वपूर्ण समस्याओं का सामना करते हैं, उन्हें सोच के उसी स्तर पर नहीं सुलझाया जा सकता, जिस पर हमने उन्हें उत्पन्न किया था।

-अल्बर्ट आइंस्टाइन

७. मैं अपनी सारी समस्याओं के लिए कृतज्ञ हूँ। जब उनमें से हर एक पर मैंने विजय पाई, तो मैं ज्यादा मजबूत हो गया और आगे की समस्याओं से जूझने में ज्यादा योग्य बना। मैंने अपनी मुश्किलों के दम पर सफलता पाई।

-जे. सी. पेनी

८. बुद्धिमान मनुष्य न सिर्फ अपनी समस्याओं का समाधान सोचता है, बल्कि उसके परिणाम भी सोच लेता है।   -विष्णु शर्मा

९. समस्या देने से पहले ही उसका समाधान हमारी जेब में डाल दिया गया है। आप सिर्फ विश्वास के साथ अपनी जेब में हाथ डालते, तो आपको पता चलता कि समाधान आपके साथ है। प्रार्थना वह समाधान है, जो इंसान को समस्या आने के पहले ही दे दिया गया है।   -सरश्री

सलाह

१ जो व्यक्ति हर एक की सलाह से मकान बनाता है, उसका मकान बेढब होगा। –डेनिश सूक्ति

२ अगर आप अच्छी और बुरी सलाह के बीच फर्क कर सकते हैं, तो आपको सलाह की जरूरत ही नहीं है। –अज्ञात

३ जब कोई आदमी मेरे पास सलाह लेने आता है, तो मैं सबसे पहले तो यह पता लगाता हूँ कि वह कैसी सलाह चाहता है और फिर मैं उसे वही दे देता हूँ। –जोश बिलिंग्स

४ मेरी सलाह यह है कि तुम अपने मिनटों का ध्यान रखो, फिर घंटे अपनी परवाह खुद कर लेंगे। –लॉर्ड चेस्टरफील्ड

५ दस में से नौ मामलों में सलाह माँगना चापलूसी करना है।

–जॉन कर्टन कॉलिन्स

६ उपदेश देकर आप किसी व्यक्ति का स्वभाव नहीं बदल सकते। उबला पानी भी आखिरकार ठंडा हो जाएगा। –पंचतंत्र

७ सुअरों के सामने मोती मत फेंको। –बाइबल

८ सलाह का शायद ही कभी स्वागत होता है; और जिन लोगों को इसकी सबसे ज्यादा जरूरत होती है, वही इसे हमेशा सबसे कम पसंद करते हैं।

–लॉर्ड चेस्टरफील्ड

९ इंसान मुफ्त में जो चीज सबसे ज्यादा देता है, वह है सलाह। –ला रोशफूको

१० चींटी से अच्छा उपदेशक दूसरा नहीं है। यह काम करती है और खामोश रहती है। –बेंजामिन फ्रैंकलिन

११ भावनाओं की योग्य समझ न होने के कारण कुछ नौजवान अपने मित्रों की समस्याएँ सुलझाते-सुलझाते खुद ही उनमें उलझ जाते हैं। कृपया सावधान रहें।
 —सरश्री

सवाल

१. अगर आपको जवाब चाहिए, तो सवाल पूछें।   -अज्ञात

२. सबसे अच्छी तरह तैयार इंसान भी परीक्षाओं से भय खाता है, क्योंकि सबसे बड़ा मूर्ख भी ऐसे सवाल पूछ सकता है, जिनका जवाब सबसे समझदार व्यक्ति न दे सके।   -चार्ल्स केलेब कोल्टन

३. यह न पूछें कि आपका देश आपके लिए क्या कर सकता है; इसके बजाय यह पूछें कि आप अपने देश के लिए क्या कर सकते हैं।   -जॉन एफ. केनेडी

४. सवाल एक जाल है और जवाब उसमें आपका पैर।   -जॉन स्टीनबेक

५. अपने दोस्तों को अपनी बदहजमी के बारे में न बताएँ। 'आप कैसे हैं?' यह एक अभिवादन है, सवाल नहीं।   -आर्थर गिटरमन

६. कुछ प्रश्नों को जान लेना सारे उत्तर जानने से ज्यादा अच्छा है।   -जेम्स थरबर

७. जब भी खरीददारी करें, तब अपने आपसे सवाल पूछें 'ज' कि 'च' यानी यह खरीदना जरूरत है या चाहत।   -सरश्री

८. 'मैं कौन हूँ?' सवाल नहीं जवाब है, पूछने वाला ही अपने सवाल का जवाब है।   -सरश्री

साहस

१ जीवन इंसान के साहस के अनुपात (समानता) में ही सिकुड़ता या फैलता है। –अनेस निन

२ जरूरत पड़ने पर बड़ा कदम उठाने से न घबराएँ। आप दो छोटी छलाँगें मारकर किसी खाई को पार नहीं कर सकते। –डेविड लॉयड जॉर्ज

३ अति सावधान व्यक्ति बहुत कम हासिल कर पाता है।

–फ्रेडरिक वॉन शिलर

४ किस्मत बहादुर का ही साथ देती है। –टेरेंस

५ साहस के अभाव में विश्व की बहुत सी प्रतिभाएँ नष्ट हो जाती हैं। हर दिन अनजान लोगों को उनकी कब्र में भेजता है, जिनकी कायरता ने उन्हें पहली कोशिश करने से ही रोक दिया। –सिडनी स्मिथ

६ सही क्या है, यह पता होना, लेकिन उसे न करना साहस का अभाव है।

–कनफ्यूशियस

७ जो विपत्ति में भी साहस नहीं छोड़ता, वह अपनी बुद्धि की मदद से अंतत: अपनी तमाम बाधाओं को पार कर लेगा। –विष्णु शर्मा

८ मानसिक साहस ही सच्ची मर्दानगी है। उसके अभाव में मनुष्य और लकड़ी में कोई अंतर नहीं। –तिरुवल्लुवर

९ गरीबी साहस से, गंदे कपड़े साफ रहने से, बुरा भोजन गर्म होने से और बदसूरती अच्छे व्यवहार से दूर होती है। –चाणक्य

१० सफलता अक्सर जोखिम लेकर काम करने वालों को ही मिलती है। यह उन कायरों के पास नहीं जाती है, जो हमेशा परिणामों से भयभीत रहते हैं।

–जवाहरलाल नेहरू

११ साहस वह डर है, जिसने प्रार्थना कर ली है। −डोरोथी बरनार्ड

१२ सत्य के साथ जीना कायरता नहीं, परम साहस है, जो सत्य की पहचान के बाद ही इंसान प्राप्त करता है। −सरश्री

१३ हीरे की कीमत उस पर हथौड़े पड़ने पर ही बढ़ती है। डर से गुजरकर ही साहस पाया जा सकता है। −सरश्री

सुंदरता

१ सुंदरता के पंख होते हैं और यह बहुत जल्दी उड़ जाती है। –अज्ञात

२ प्रेम सौंदर्य को बहुत अधिक बड़ा देता है। –लुइसा मे अल्कॉट

३ सौंदर्य की बुनियाद पर खड़ा प्रेम जल्द ही सौंदर्य की तरह ही मर जाता है। –जॉन डन

४ हर चीज की अपनी सुंदरता होती है, लेकिन हर कोई इसे नहीं देख पाता। –कनफ्यूशियस

५ सौंदर्य ब्रह्मांड पर ईश्वर की छाया है। –गैब्रीला मिस्ट्राल

६ आप किसी महिला से इसलिए प्रेम नहीं करते हैं, क्योंकि वह सुंदर है, बल्कि वह सुंदर इसलिए होती है, क्योंकि आप उससे प्रेम करते हैं। –अज्ञात

७ ज्ञान से आए हुए विश्वास से जब आप यह यकीन रखेंगे कि दुनिया खूबसूरत है, तो वैसे सबूत आपको मिलेंगे। –सरश्री

८ शरीर काला है या गोरा है यह महत्त्वपूर्ण नहीं है, शरीर जिंदा है, यह कृपा है। –सरश्री

सुख

१ सुख का रहस्य वह काम करना नहीं है, जो आपको पसंद हो; बल्कि उस काम को पसंद करना है, जो आपको करना ही है। –जे.एम. बैरी

२ मनुष्य सिर्फ अपनी मुश्किलें गिनना पसंद करता है, अपनी खुशियाँ नहीं गिनता। –फ्योदोर दोस्तोयवस्की

३ आप एक वक्त में एक ही बिस्तर पर सो सकते हैं। आप एक बार में एक ही भोजन कर सकते हैं या एक वक्त में एक ही कार में सफर कर सकते हैं। इसलिए मुझे सुखी होने के लिए लाखों डॉलर की जरूरत नहीं है। मुझे तो सिर्फ अपनी पीठ पर कपड़े, अच्छा भोजन और थोड़ा प्रेम चाहिए। बस इतना ही काफी है। –रे चार्ल्स

४ खुश रहने का सबसे अच्छा तरीका किसी दूसरे को खुश करने की कोशिश करना है। –मार्क ट्वेन

५ जो इंद्रिय सुख चाहता है, उसे ज्ञान हासिल करने के सारे विचार त्याग देने चाहिए और जो ज्ञान चाहता है, उसे इंद्रिय सुख की आशा नहीं करनी चाहिए। जो इंद्रिय सुख चाहता है, वह ज्ञान कैसे प्राप्त कर सकता है और जो ज्ञानी है, वह सांसारिक इंद्रिय सुख का आनंद कैसे ले सकता है? –चाणक्य

६ ज्यादा धन होने का मतलब ज्यादा सुखी होना नहीं है। जिन लोगों के पास एक करोड़ है, वे उन लोगों से ज्यादा सुखी नहीं हैं, जिनके पास नब्बे लाख है। –होबर्ट ब्राउन

७ संतुष्ट सुअर के बजाय असंतुष्ट सुकरात बनना बेहतर है। –जॉन स्टुअर्ट मिल

८ एक बार जब आप किसी चीज पर काम शुरू कर दें, तो असफलता से न घबराएँ और उस काम को बीच में न छोड. दें। जो लोग मन लगाकर काम करते हैं, वे सबसे सुखी होते हैं। –चाणक्य

९. मैं यह विश्वास नहीं कर सकता कि जीवन का उद्देश्य सुखी होना है। मैं सोचता हूँ कि जीवन का उद्देश्य उपयोगी, जिम्मेदार, दयावान बनना है। सबसे बढ़कर है अपने जीवन को महत्त्वपूर्ण बनाना, किसी चीज के लिए खड़े होना, अपने जीवन से कोई फर्क लाना। —लियो रोस्टन

१०. हम उतने सुखी या दुःखी कभी नहीं होते, जितना खुद को समझते हैं।

—ला रोशफूको

११. दूसरों के सुख में दुःखी होना, अपना सुख रोकने के बराबर है। —सरश्री

१२. आनंद पास है, दुःख फेल है। आनंद तीर्थस्थान है, दुःख जेल है। आनंद ज्ञान का तेल है, दुःख मान्यताओं का खेल है। —सरश्री

सुनना

१. अहंकारी व्यक्ति वह होता है, जो अपने बारे में इतना ज्यादा बोलता है कि वह मुझे अपने बारे में बोलने का जरा भी समय नहीं देता।

—एच.एल. वेलैंड

२. सुनने की कला जान लेंगे, तो आपको उन लोगों की बातों से भी फायदा होने लगेगा, जो बुरी तरह से बोलते हैं। —प्लूटार्क

३. सुनना सीखें। हो सकता है कि अवसर आपके दरवाजे पर बहुत धीमे-धीमे दस्तक दे रहा हो। —अज्ञात

४. अगर ए सफलता है, तो फॉर्मूला है ए बराबर एक्स, वाय और जेड, (A = X + Y + Z) जिसमें एक्स है काम, वाय है खेल और जेड है अपना मुँह बंद रखना। —अल्बर्ट आइंस्टाइन

५. अगर हममें अहंकार न हो, तो हम दूसरों के अहंकार के बारे में शिकायत नहीं करेंगे। —ला रोशफू को

६. जो सत्य इंसानों को मुक्त करता है, वह ज्यादातर मामलों में ऐसा होता है, जिसे सुनना लोगों को पसंद नहीं होता। —हरबर्ट अगर

७. अच्छा श्रोता न सिर्फ हर जगह लोकप्रिय होता है, बल्कि थोड़े समय बाद वह कुछ सीख भी जाता है। —विल्सन मिजनर

८. यदि हमारे पास सुनने वाले कान हों, तो ईश्वर हमसे हमारी ही भाषा में बोलता है, चाहे वह भाषा कोई भी हो। —महात्मा गाँधी

९. आपके व्यक्तिगत लाभ के लिए आपकी बातें सुनने में लोगों की कोई रुचि नहीं होती है। जिस काम में सभी का लाभ होता है, वे बातें सुनने में सभी की रुचि होती है, इसलिए अव्यक्तिगत जीवन जिएँ। —सरश्री

१०. सुनें सबकी, लेकिन निर्णय खुद लेना सीखें। दूसरों से सलाह ले सकते हैं, लेकिन सबकी सुनकर आप वही करें, जो आपके हृदय को सही लगता है। सत्य श्रवण हृदय की पुकार है। −सरश्री

सेवा

१ अगर आप मालिक हो, तो कई बार अंधे बनो; अगर सेवक हो, तो कई बार बहरे बनो। –फुलर

२ जनहित सबसे ऊँचा उद्‌देश्य है। –वर्जिल

३ हर पुरुष और स्त्री का काम दूसरे लोगों की सेवा करना है। –टॉल्स्टॉय

४ धन अच्छा सेवक, लेकिन बुरा मालिक है। –फ्रांसिस बेकन

५ मेरे छह ईमानदार सेवक थे। उन्होंने मुझे वह सब सिखाया, जो मैं जानता हूँ। उनके नाम हैं क्या, क्यों, कब, कैसे, कहाँ और कौन। –रूडयार्ड किपलिंग

६ जो राजा बुद्धिमान सेवकों की योग्यताओं की परख नहीं कर सकता, उसकी सेवा करना बंजर जमीन जोतने जैसा है। –विष्णु शर्मा

७ मैं सोया और सपना देखा कि जीवन सुख था। मैं जागा और देखा कि जीवन सेवा थी। मैंने काम किया और देखा, सेवा ही सुख थी। –टैगोर

८ सेवा देते वक्त सदा यह ध्यान रखें कि आप किसकी सेवा कर रहे हैं। अहंकार की सेवा करके माया बढेग़ी, सत्य की सेवा करके माया मिटेगी। –सरश्री

९ सेवा करने में दु:ख और अपनी सेवा कराने में सुख लगता है तो आप सेवा से कोई लाभ नहीं ले सकते। सेवा सेवक की सेवा करे तो सेवा, सेवा है।

–सरश्री

 # सोना

१. हर चमकती चीज सोना नहीं होती। —शेक्सपियर

२. ओहदा और दौलत सोने की जंजीरें हैं, लेकिन फिर भी जंजीरें हैं। —रफिनी

३. धरती से जितना सोना निकाला गया है, उससे ज्यादा सोना इंसान के विचारों से निकला है। —नेपोलियन हिल

४. एक इंच सोने से भी एक इंच समय नहीं खरीदा जा सकता। —चीनी सूक्ति

५. जब आखिरी पेड़ मर जाएगा और आखिरी नदी में जहर घुल जाएगा और आखिरी मछली पकड़ ली जाएगी, तब जाकर हमें एहसास होगा कि हम पैसे को नहीं खा सकते। —क्री इंडियन कहावत

६. सोने को आग में जितना तपाया जाता है, उतना ही सोना निखर जाता है। जीवन में जितनी ज्यादा तकलीफें आप सही दृष्टिकोण से देखते हैं, उतनी ही ज्यादा उन्नति आप कर पाते हैं। —सरश्री

७. बुरे कर्म हैं लोहे की जंजीर, तो अच्छे कर्म हैं सोने की जंजीर। जंजीरों में है कर्ता भाव और स्वयं का अज्ञान, इसलिए कर्ता भाव तोड़, खुद को पहचान। —सरश्री

स्वर्ग

१. ऐसे व्यक्ति बनें और ऐसा जीवन जिएँ कि अगर हर व्यक्ति आप जैसा हो और हर व्यक्ति का जीवन आपके जीवन जैसा हो, तो यह धरती स्वर्ग बन जाए।
—फिलिप्स ब्रुक्स

२. ईश्वर अपने स्वर्ग में है – दुनिया में सब कुछ अच्छा है। —रॉबर्ट ब्राउनिंग

३. विचारों के बिना शब्द कभी स्वर्ग तक नहीं पहुँच सकते। —शेक्सपियर

४. याद ही एक ऐसा स्वर्ग है, जहाँ से भाग्य हमें नहीं भगा सकता।
—अलेक्जेंडर ड्यूमा

५. पृथ्वी पर स्वर्ग कोई जगह नहीं है, जिसे हम खोज सकें, यह तो एक चुनाव है जो आप करते हैं। —डॉ. वेन डायर

६. स्वर्ग तो हर आदमी जाना चाहता है, परंतु कोई मरना नहीं चाहता।
—पीटर टॉश

७. मेरे पिताजी कहा करते थे, 'मुझे लगता है कि हर कोई स्वर्ग जाना चाहता है, लेकिन अगर मैं यह घोषणा कर दूँ कि बीस मिनट बाद एक ट्रेन स्वर्ग की ओर जाने वाली है, तो यात्रियों की कतार ज्यादा लंबी नहीं होगी।'
—रॉबर्ट बेन्सन

८. स्वर्ग यानी स्वयं का अर्क, जहाँ स्वयं का अर्क नहीं है वहीं है नरक।
—सरश्री

९. तुम्हारे स्वर्ग की तलाश वहीं समाप्त होती है, जहाँ तुम हो। —सरश्री

स्वास्थ्य

१ सबसे अच्छे दो चिकित्सक हैं डॉ. हँसी और डॉ. निद्रा। –ग्रेगरी डीन

२ अच्छी सेहत और कमजोर भूख वाला कोई भी युवक पैसे बचा सकता है। –जे. एम. बेली

३ ईश्वर इलाज करता है और फीस डॉक्टर लेता है। –फ्रैंकलिन

४ सबसे अच्छी चिकित्सा है आराम और उपवास। –फ्रैंकलिन

५ धन आपको भोजन तो दे सकता है, लेकिन भूख नहीं; दवा तो दे सकता है, लेकिन सेहत नहीं; परिचित तो दे सकता है, लेकिन मित्र नहीं; सेवक तो दे सकता है, लेकिन वफादारी नहीं; खुशियों भरे दिन तो दे सकता है, लेकिन सुख–शांति नहीं। –हेनरिक इब्सन

६ सेहत सबसे बड़ी दौलत है। –वर्जिल

७ जल्दी सोने और जल्दी उठने से मनुष्य स्वस्थ, अमीर और बुद्धिमान बनता है। –बेंजामिन फ्रैंकलिन

८ इंसान को जीने के लिए खाना चाहिए, खाने के लिए नहीं जीना चाहिए। –मॉलियर

९ यदि हरी सब्जियों से भी मांसाहारी व्यंजनों जैसी खुशबू आने लगे, तो इंसान की उम्र कितनी बढ.जाएगी! –डग लार्सन

१० सेहत संबंधी पुस्तकें सावधानी से पढें। गलत छपाई की वजह से आपकी मौत भी हो सकती है। –मार्क ट्वेन

११ शारीरिक रोग इस जीवन का कर है; कुछ पर ज्यादा कर लगता है, कुछ पर कम, लेकिन कर सभी को चुकाना पड़ता है। –लॉर्ड चेस्टरफील्ड

१२ रोग की कटुता से इंसान सेहत की मधुरता सीखता है। – सूक्ति

१३ हर इंसान अपने स्वास्थ्य या रोग का लेखक होता है। －बुद्ध

१४ रोग वह कर है, जो आत्मा शरीर के लिए चुकाती है, जिस तरह किराएदार मकान के इस्तेमाल के लिए मकान किराया चुकाता है। － रामकृष्ण परमहंस

१५ राजा की तरह नाश्ता करें, राजकुमार की तरह दोपहर का भोजन करें और रात का खाना भिखारी की तरह खाएँ। －बेंजामिन फ्रैंकलिन

१६ जैसे संयम से प्रत्येक रोग रोका जा सकता है, वैसे साधना से प्रत्येक मनोविकार रोका जा सकता है। －सरश्री

१७ कमजोर के लिए छोटी समस्या पहाड़ है, तंदुरुस्त के लिए बड़ा पहाड़ चींटी है। －सरश्री

१८ इंद्रियाँ आपके वश में तो स्वास्थ्य आपके बस में। －सरश्री

क्षमता

१. बहुत कम लोगों में क्षमता का अभाव होता है। वे असफल तो सिर्फ इसलिए होते हैं, क्योंकि उन्होंने अपनी क्षमता का उपयोग नहीं किया।

—कैल्विन कूलिज

२. मैं जितना जानता हूँ, उसके हिसाब से सबसे अच्छा काम करता हूँ – अपनी पूरी क्षमता से करता हूँ; और मैं अंत तक यही करते रहना चाहता हूँ।

—अब्राहम लिंकन

३. हम जो करने में सक्षम हैं, अगर हम वे सब काम कर दें, तो हम खुद हैरान रह जाएँगे। —थॉमस एडिसन

४. दुनिया को इस बात की बहुत कम परवाह होती है कि कोई इंसान कितना जानता है, महत्त्वपूर्ण तो यह है कि वह कितना करने में समर्थ है।

—बुकर टी. वॉशिंगटन

५. जो आप नहीं कर सकते, उसे उसमें हस्तक्षेप न करने दें, जो आप कर सकते हैं। —जॉन वुडन

६. हम अपना मूल्यांकन इस बात से करते हैं कि हम क्या कर सकते हैं। दूसरे हमारा मूल्यांकन इस आधार पर करते हैं कि हमने कितना किया है।

—लॉन्गफेलो

७. सफलता की पहली शर्त है अपनी शारीरिक और मानसिक ऊर्जा को किसी एक समस्या पर बिना थके लगाने की क्षमता। —थॉमस एडिसन

८. हम जो करने में सक्षम हैं, उसे नहीं करना पाप है। —जोस मार्टी

९. प्रतियोगिता हमें अधिक सक्षम बनाती है, नए जवाब तलाश करने के लिए

प्रेरित करती है और इस दंभ (झूठे घमंड)से बचाती है कि हम सब कुछ जानते हैं। −टॉम मोनाहन

१० जो कार्य लोगों के हित में हो मगर करने से डर लगता हो तो उसे ईश्वर पर अटूट विश्वास व श्रद्धा रखते हुए प्रार्थना कर पूरी क्षमता से शुरू कर डालें।
−सरश्री

११ ध्यान की दौलत से कार्य करने की क्षमता अपने आप बढ़ती है। −सरश्री

ज्ञान

१ नहीं जानना बुरी बात है; जानने की इच्छा न होना उससे भी बुरी बात है।

–अफ्रीकी कहावत

२ हम यह देखना चाहते हैं कि बच्चा ज्ञान का पीछा करे, यह नहीं देखना चाहते कि ज्ञान बच्चे का पीछा करे। –जॉर्ज बरनार्ड शॉ

३ कर्म के बिना ज्ञान व्यर्थ है और ज्ञान के बिना कर्म मूर्खता। –साईं बाबा

४ ज्ञान ही शक्ति है। –फ्रांसिस बेकन

५ ज्ञान में किया गया निवेश हमेशा सबसे लाभदायक होता है। –फ्रैंकलिन

६ अगर आपके पास ज्ञान है, तो इससे दूसरों को अपना दीपक जलाने दें।

–मार्गरेट फुलर

७ ज्ञान दो प्रकार का होता है। हम किसी विषय के बारे में या तो खुद जानते हैं या फिर हम यह जानते हैं कि हम उस पर जानकारी कहाँ से ले सकते हैं।

–सेम्युअल जॉनसन

८ सभी ज्ञान हासिल करना चाहते हैं, लेकिन तुलनात्मक रूप से बहुत कम लोग इसकी कीमत चुकाने के इच्छुक होते हैं। –जुवेनाल

९ सीखना कभी न छोड़ें; ज्ञान हर चौदह महीनों में दोगुना होता है।

–एंथनी जे.डी. एंजेलो

१० जो ज्ञान तो हासिल कर लेता है, लेकिन उसका उपयोग नहीं करता, वह उस किसान जैसा है, जो खेत तो जोत लेता है, लेकिन उसमें बीज नहीं बोता।

–अज्ञात

११ अपने ज्ञान को अपनी घड़ी की तरह चोरजेब में रखें और इसे बार-बार सिर्फ

यह दिखाने के लिए न निकालें कि यह आपके पास है।

－अर्ल ऑफ चेस्टरफील्ड

१२ आप अज्ञानी हैं, यह जानना ज्ञान की दिशा में एक बडा कदम है।

－बेंजामिन डिजराइली

१३ यह कितनी गड़बड़ बात है कि ज्ञान सिर्फ कड़ी मेहनत से ही पाया जा सकता है। －डब्ल्यू. सॉमरसेट मॉम

१४ इंसान का जन्म पृथ्वी पर केवल असल ज्ञान प्राप्त कर उसकी अभिव्यक्ति करने के लिए हुआ है, जो उसके अंदर ही है। －सरश्री

१५ ईश्वर खाली प्याले में ही ज्ञान का अमृत भरता है, तो पहले अपना प्याला खाली कर, खाली समय में खाली होने की कला सीखें...

खाली समय में खाली होने की कला सीखें...

खाली समय में खाली होने की कला सीखें।

－सरश्री

आप जिन महावाक्यों से प्रेरित हैं, उन्हें अपनी कलम से लिखें

यह पुस्तक पढ़ने के बाद अपने अभिप्राय (विचार सेवा) इस पते पर भेज सकते हैं :
Tej Gyan Global Foundation,
Pimpri Colony Post office, P.O. Box 25,
Pune - 411 017. Maharashtra (India).

एक अल्प परिचय

सरश्री

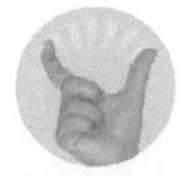

स्वीकार मंत्र मुद्रा

सरश्री की आध्यात्मिक खोज का सफर उनके बचपन से प्रारंभ हो गया था। इस खोज के दौरान उन्होंने अनेक प्रकार की पुस्तकों का अध्ययन किया। इसके साथ ही अपने आध्यात्मिक अनुसंधान के दौरान अनेक ध्यान पद्धतियों का अभ्यास किया। उनकी इसी खोज ने उन्हें कई वैचारिक और शैक्षणिक संस्थानों की ओर बढ़ाया। इसके बावजूद भी वे अंतिम सत्य से दूर रहे।

उन्होंने अपने तत्कालीन अध्यापन कार्य को भी विराम लगाया ताकि वे अपना अधिक से अधिक समय सत्य की खोज में लगा सकें। जीवन का रहस्य समझने के लिए उन्होंने एक लंबी अवधि तक मनन करते हुए अपनी खोज जारी रखी। जिसके अंत में उन्हें आत्मबोध प्राप्त हुआ। आत्मसाक्षात्कार के बाद उन्होंने जाना कि अध्यात्म का हर मार्ग जिस कड़ी से जुड़ा है वह है- समझ (अंडरस्टैण्डिंग)।

सरश्री कहते हैं कि 'सत्य के सभी मार्गों की शुरुआत अलग-अलग प्रकार से होती है लेकिन सभी के अंत में एक ही समझ प्राप्त होती है। 'समझ' ही सब कुछ है और यह 'समझ' अपने आपमें पूर्ण है। आध्यात्मिक ज्ञान प्राप्ति के लिए इस 'समझ' का श्रवण ही पर्याप्त है।'

सरश्री ने ढाई हज़ार से अधिक प्रवचन दिए हैं और सौ से अधिक पुस्तकों की रचना की हैं। ये पुस्तकें दस से अधिक भाषाओं में अनुवादित की जा चुकी हैं और प्रमुख प्रकाशकों द्वारा प्रकाशित की गई हैं, जैसे पेंगुइन बुक्स, हे हाऊस पब्लिशर्स, जैको बुक्स, हिंद पॉकेट बुक्स, मंजुल पब्लिशिंग हाऊस, प्रभात प्रकाशन, राजपाल अॅण्ड सन्स इत्यादि।

तेजज्ञान फाउण्डेशन – परिचय

तेजज्ञान फाउण्डेशन आत्मविकास से आत्मसाक्षात्कार प्राप्त करने का एक रास्ता है। इसके लिए सरश्री द्वारा एक अनूठी बोध पद्धति (System for Wisdom) का सृजन हुआ है। इस पद्धति को अन्तर्राष्ट्रीय मानक ISO 9001:2008 के आवश्यकताओं एवं निर्देशों के अनुरूप ढालकर सरल, व्यावहारिक एवं प्रभावी बनाया गया है।

इस संस्था की बोध पद्धति के विभिन्न पहलुओं (शिक्षण, निरीक्षण व गुणवत्ता) को स्वतंत्र गुणवत्ता परीक्षकों (Quality Auditors) द्वारा क्रमबद्ध तरीके से जाँचा गया। जिसके बाद इन पहलुओं को ISO 9001:2008 के अनुरूप पाकर, इस बोध पद्धति को प्रमाणित किया गया है।

फाउण्डेशन का लक्ष्य आपको नकारात्मक विचार से सकारात्मक विचार की ओर बढ़ाना है। सकारात्मक विचार से शुभ विचार यानी हॅपी थॉट्स (विधायक आनंदपूर्ण विचार) और शुभ विचार से निर्विचार की ओर बढ़ा जा सकता है। निर्विचार से ही आत्मसाक्षात्कार संभव है। शुभ विचार (Happy Thoughts) यानी यह विचार कि 'मैं हर विचार से मुक्त हो जाऊँ।' शुभ इच्छा यानी यह इच्छा कि 'मैं हर इच्छा से मुक्त हो जाऊँ।'

ज्ञान का अर्थ है सामान्य ज्ञान लेकिन तेजज्ञान यानी वह ज्ञान जो ज्ञान व अज्ञान के परे है। कई लोग सामान्य ज्ञान की जानकारी को ही ज्ञान समझ लेते हैं लेकिन असली ज्ञान और जानकारी में बहुत अंतर है। आज लोग सामान्य ज्ञान के जवाबों को ज्यादा महत्त्व देते हैं। उदाहरण के तौर पर– कर्म और भाग्य, योग और प्राणायाम, स्वर्ग और नर्क इत्यादि। आज के युग में सामान्य ज्ञान प्रदान करनेवाले लोग और शिक्षक कई मिल जाएँगे मगर इस ज्ञान को पाकर जीवन में कोई बड़ा परिवर्तन नहीं होता। यह ज्ञान या तो केवल बुद्धि विलास है या फिर अध्यात्म के नाम पर बुद्धि का व्यायाम है।

सभी समस्याओं का समाधान है तेजज्ञान। भय से मुक्ति, चिंतारहित व क्रोध से आज़ाद जीवन है तेजज्ञान। शारीरिक, मानसिक, सामाजिक, आर्थिक और आध्यात्मिक उन्नति के लिए है तेजज्ञान। तेजज्ञान आपके अंदर है, आएँ और इसे पाएँ।

यदि आप ऐसा ज्ञान चाहते हैं, जो सामान्य ज्ञान के परे हो, जो हर समस्या का समाधान हो, जो सभी मान्यताओं से आपको मुक्त करे, जो आपको ईश्वर का साक्षात्कार कराए, जो आपको सत्य पर स्थापित करे तो समय आ गया है तेजज्ञान को जानने का। समय आ गया है शब्दोंवाले सामान्य ज्ञान से उठकर तेजज्ञान का अनुभव करने का।

अब तक अध्यात्म के अनेक मार्ग बताए गए हैं। जैसे जप, तप, मंत्र, तंत्र, कर्म, भाग्य, ध्यान, ज्ञान, योग और भक्ति आदि। इन मार्गों के अंत में जो समझ, जो बोध प्राप्त होता है,

वह एक ही है। सत्य के हर खोजी को अंत में एक ही समझ मिलती है और इस समझ को सुनकर भी प्राप्त किया जा सकता है। उसी समझ को सुनना यानी तेजज्ञान प्राप्त करना है। तेजज्ञान के श्रवण से सत्य का साक्षात्कार होता है, ईश्वर का अनुभव होता है।यही तेजज्ञान सरश्री महाआसमानी शिविर में प्रदान करते हैं।

महाआसमानी महानिवासी शिविर

क्या आपको उच्चतम आनंद पाने की इच्छा है? ऐसा आनंद, जो किसी कारण पर निर्भर नहीं है, जिसमें समय के साथ केवल बढ़ोतरी ही होती है। क्या आप इसी जीवन में प्रेम, विश्वास, शांति, समृद्धि और परमसंतुष्टि पाना चाहते हैं? क्या आप शारीरिक, मानसिक, सामाजिक, आर्थिक और आध्यात्मिक इन सभी स्तरों पर सफलता हासिल करना चाहते हैं? क्या आप 'मैं कौन हूँ' इस सवाल का जवाब अनुभव से जानना चाहते हैं।

यदि आपके अंदर इन सवालों के जवाब जानने की और 'अंतिम सत्य' प्राप्त करने की प्यास जगी है तो तेजज्ञान फाउण्डेशन द्वारा आयोजित 'महाआसमानी शिविर' में आपका स्वागत है। यह शिविर पूर्णतः सरश्री की शिक्षाओं पर आधारित है। सरश्री आज के युग के आध्यात्मिक गुरु और 'तेजज्ञान फाउण्डेशन' के संस्थापक हैं, जो अत्यंत सरलता से आज की लोकभाषा में आध्यात्मिक समझ प्रदान करते हैं।

महाआसमानी शिविर का उद्देश्य :

इस शिविर का उद्देश्य है, 'विश्व का हर इंसान 'मैं कौन हूँ' इस सवाल का जवाब जानकर सर्वोच्च आनंद में स्थापित हो जाए।' उसे ऐसा ज्ञान मिले, जिससे वह हर पल वर्तमान में जीने की कला प्राप्त करे। भूतकाल का बोझ और भविष्य की चिंता इन दोनों से वह मुक्त हो जाए। हर इंसान के जीवन में स्थायी खुशी, सही समझ और समस्याओं को विलीन करने की कला आ जाए। मनुष्य जीवन का उद्देश्य पूर्ण हो।

'मैं कौन हूँ? मैं यहाँ क्यों हूँ? मोक्ष का अर्थ क्या है? क्या इसी जन्म में मोक्ष प्राप्ति संभव है?' यदि ये सवाल आपके अंदर हैं तो महाआसमानी शिविर इसका जवाब है।

महाआसमानी शिविर के मुख्य लाभ :

इस शिविर के लाभ तो अनगिनत हैं मगर कुछ मुख्य लाभ इस प्रकार हैं...

✺ जीवन में दमदार लक्ष्य प्राप्त होता है। ✺ 'मैं कौन हूँ' यह अनुभव से जानना (सेल्फ रियलाइजेशन) होता है। ✺ मन के सभी विकार विलीन होते हैं। ✺ भय, चिंता, क्रोध, बोरडम, मोह, तनाव जैसी कई नकारात्मक बातों से मुक्ति मिलती है। ✺ प्रेम, आनंद, मौन, समृद्धि, संतुष्टि, विश्वास जैसे कई दिव्य गुणों से युक्ति होती है। ✺ सीधा, सरल और शक्तिशाली जीवन प्राप्त होता है। ✺ हर समस्या का समाधान प्राप्त करने की कला मिलती

है। * 'हर पल वर्तमान में जीना' यह आपका स्वभाव बन जाता है। * आपके अंदर छिपी सभी संभावनाएँ खुल जाती हैं। * इसी जीवन में मोक्ष (मुक्ति) प्राप्त होता है।

महाआसमानी शिविर में भाग कैसे लें?

इस शिविर में भाग लेने के लिए आपको कुछ खास माँगें पूरी करनी होती हैं। जैसे - १) आपकी उम्र कम से कम अठारह साल या उससे ऊपर होनी चाहिए। २) आपको सत्य स्थापना शिविर (फाउण्डेशन ट्रुथ रिट्रीट) में भाग लेना होगा, जहाँ आप सीखेंगे- वर्तमान के हर पल को कैसे जीया जाए और निर्विचार दशा में कैसे प्रवेश पाएँ।
३) आपको कुछ प्राथमिक प्रवचनों में उपस्थित होना है, जहाँ आप बुनियादी समझ आत्मसात कर, महाआसमानी शिविर के लिए तैयार होते हैं।

यह शिविर साल में तीन या चार बार आयोजित होता है, जिसका लाभ हज़ारों खोजी उठाते हैं। इस शिविर की तैयारी आगे दिए गए स्थानों पर कराई जाती है। पुणे, मुंबई, दिल्ली, सांगली, सातारा, जलगाँव, अहमदाबाद, कोल्हापुर, नासिक, अहमदनगर, औरंगाबाद, सूरत, बरोडा, नागपुर, भोपाल, रायपुर, चेन्नई, वर्धा, अमरावती, चंद्रपुर, यवतमाल, रत्नागिरी, लातूर, बीड, नांदेड, परभणी, पनवेल, ठाणे, सोलापुर, पंढरपुर, अकोला, बुलढाणा, धुले, भुसावल, बैंगलोर, बेलगाम, धारवाड, भुवनेश्वर, कोलकत्ता, राँची, लखनऊ, कानपुर, चंदीगढ़, जयपुर, पणजी, म्हापसा, इंदौर, इटारसी, हरदा, विदिशा, बुरहानपुर।

आप महाआसमानी की तैयारी फाउण्डेशन में उपलब्ध सरश्री द्वारा रचित पुस्तकों, सी.डी. और कैसेटस् सुनकर कर सकते हैं। इसके अलावा आप टी.वी., रेडियो और यू ट्यूब पर सरश्री के प्रवचनों का लाभ भी ले सकते हैं मगर याद रहे, ये पुस्तकें, कैसेट, टी.वी., रेडियो और यू ट्यूब के प्रवचन शिविर का परिचय मात्र है, तेजज्ञान नहीं। आप महाआसमानी शिविर में भाग लेकर ही तेजज्ञान का आनंद ले सकते हैं। आगामी महाआसमानी शिविर में अपना स्थान आरक्षित करने के लिए संपर्क करें :**09921008060/75, 9011013208**

पुस्तकें प्राप्त करने के लिए नीचे दिए गए पते पर मनीऑर्डर द्वारा पुस्तक का मूल्य भेज सकते हैं। पुस्तकें रजिस्टर्ड, कुरियर अथवा वी.पी.पी. द्वारा भेजी जाती हैं।

पुस्तकों के लिए नीचे दिए गए पते पर संपर्क करें।

WOW Publishings Pvt. Ltd.

* रजिस्टर्ड ऑफिस - इ- ४, वैभव नगर, तपोवन मंदिर के नज़दीक, पिंपरी, पुणे - ४११०१७

* पोस्ट बॉक्स नं. ३६, पिंपरी कॉलोनी पोस्ट ऑफिस, पिंपरी, पुणे - ४११०१७ फोन नं.: 09011013210 / 9623457873

आप ऑन-लाइन शॉपिंग द्वारा भी पुस्तकों का ऑर्डर दे सकते हैं।

लॉग इन करें - www.gethappythoughts.org

३०० रुपयों से अधिक पुस्तकें मँगवाने पर डाक-व्यय के साथ १०% की छूट।

210

महाआसमानी शिविर स्थान

महाआसमानी महानिवासी शिविर 'मनन आश्रम' पर आयोजित किया जाता है। यह आश्रम पुणे शहर के बाहरी क्षेत्र में पहाड़ों और निसर्ग के असीम सौंदर्य के बीच बसा हुआ है। इस आश्रम में पुरुषों और महिलाओं के लिए अलग-अलग, कुल मिलाकर ७०० से ८०० लोगों के रहने की व्यवस्था है। यह आश्रम पुणे शहर से १७ किलो मीटर की दूरी पर है। हवाई अड्डा, हाइवे और रेल्वे से पुणे आसानी से आ-जा सकते हैं।

मनन आश्रम : मनन आश्रम, पुणे, सर्वे नं. ४३, सनस नगर, नांदोशी गाँव, किरकट वाडी फाटा, तहसील - हवेली, जिला : पुणे - ४११०२४. फोन : 09921008060

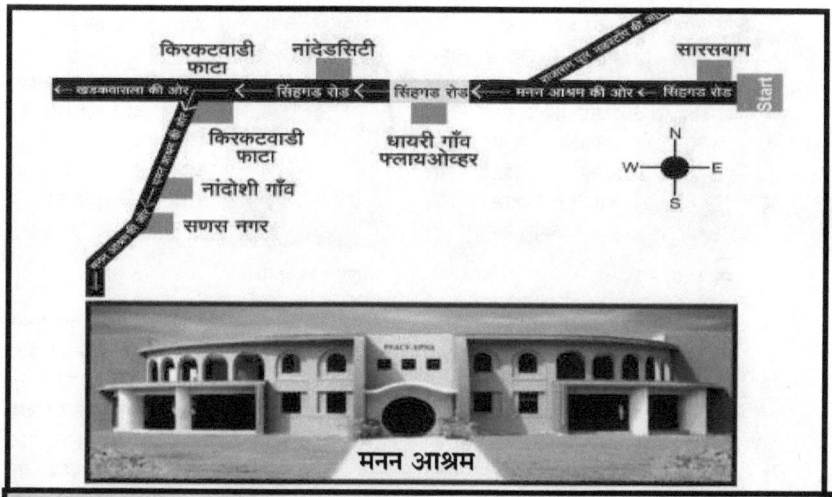

मनन आश्रम की ओर
N
W
E
मनन आश्रम

अब एक क्लिक पर ही शिविर का रजिस्ट्रेशन !

तेजज्ञान फाउण्डेशन की इन शिविरों के लिए

अब आप ऑनलाईन रजिस्ट्रेशन भी कर सकते हैं-

* महाआसमानी महानिवासी शिविर (पाँच दिवसीय निवासी शिविर)
* मैजिक ऑफ अवेकनिंग (केवल अंग्रेजी भाषा जाननेवालों के लिए तीन दिवसीय निवासी शिविर)
* मिनी महाआसमानी (निवासी) शिविर, युवाओं के लिए

रजिस्ट्रेशन के लिए आज ही लॉग इन करें

www.tejgyan.org

तेजज्ञान ग्लोबल फाउण्डेशन द्वारा प्रकाशित श्रेष्ठ पुस्तकें

आध्यात्मिक उपनिषद्
इस पुस्तक में कुछ चुनिंदा प्रेरक कहानियों के साथ-साथ कुछ सवालों को संकलित किया गया है। जिनका पठन करते हुए आपको मनन से मोती चुनने की कला तो मिलेगी ही साथ ही वैसा जीवन जीने की प्रेरणा भी मिलेगी।

मूल्य : रू. १००/-

संपूर्ण लक्ष्य
इस पुस्तक का लक्ष्य है कि आप संपूर्ण लक्ष्य पाएँ। आपकी राह में आनेवाली बाधाएँ, आपके लिए विकास न करने का बहाना न बनकर आगे बढ़ने की सीढ़ी बनें।

मूल्य : रू. १७५/-

स्वयं का सामना
यह पुस्तक न्याय, स्वास्थ्य, खुशी और रिश्तों पर अनोखी समझ देनेवाली अद्भुत खोज प्रस्तुत करनेवाली और व्यक्तित्व विकास के लिए एक महत्त्वपूर्ण रचना है।

मूल्य : रू. १५०/-

A to Z २६ सबक
इस पुस्तक में A to Z तक विकास के सबक की बुनियाद रखी गई है, जिसके प्रत्येक अक्षरों पर जीवन के महत्त्वपूर्ण सबक (शिक्षा) की रचना है।

मूल्य : रू. १४०/-

क्षमा का जादू
यह पुस्तक आपको क्षमा का जादू सिखाने जा रही है। इसे पढ़कर आप क्षमा माँगने की क्षमता को जानकर हर दुःख से मुक्ति पाएँगे।

मूल्य : रू. १००/-

असंभव को कैसे करें संभव
इस पुस्तक के ज़रिए आप अपनी आंतरिक खोज का शुभारंभ करें और वह सब कुछ प्राप्त करें, जिसे पाने के लिए आप पृथ्वी पर आए हैं।

मूल्य : रू. १००/-

कर्म का कानून
इस पुस्तक में आपको कर्म की धारणाओं का पता चलनेवाला है। यह पुस्तक आपकी ज़रूरत है। आइए, यह पुस्तक पढ़कर अपनी ज़रूरत अपनाएँ।

मूल्य : रू. १२५/-

बोरडम मोह और अहंकार से मुक्ति
इस पुस्तक में आप मन के अनेक विकारों के अलावा, मन के तीन सूक्ष्म विकारों को विस्तार से जानेंगे और उनसे मुक्ति का मार्ग भी प्राप्त करेंगे।

मूल्य : रू. १२५/-

तुम्हें जो लगे अच्छा वही मेरी इच्छा

इस पुस्तक में आप भक्ति से जुड़े कई सवालों के जवाब प्राप्त कर सकते हैं। यह केवल पुस्तक नहीं बल्कि भक्ति नियामत है।

मूल्य : रू. १४०/-

छोटी सोच को करें बाय–बाय

यह पुस्तक पढ़ने से आपको अच्छा सोचने की तरकीब मिलेगी। आइए, इस तरकीब का उपयोग कुछ सीखने के लिए करें।

मूल्य : रू. १५०/-

TRAINING

संपूर्ण प्रशिक्षण

'कुदरत के नियम समझनेवाले आत्मप्रशिक्षण लेने से नहीं कतराते, वे कभी छोटा लक्ष्य नहीं बनाते', इस वाक्य की सचाई साबित करना इस पुस्तक का लक्ष्य है।

मूल्य : रू. १२५/-

दुःख में खुश क्यों और कैसे रहें

यह पुस्तक नहीं बल्कि दुःख में भी खुश रहने के लिए तीस दिनों का शिविर है। जिसका लाभ उठाकर यकीनन आप सदा खुश रहने का दृढ़ संकल्प कर पाएँगे।

मूल्य : रू. १६०/-

भय, चिंता और क्रोध से मुक्ति

इस पुस्तक में तीन मुख्य विकारों से मुक्ति पर मार्गदर्शन दिया गया है। ये विकार हैं - भय, चिंता और क्रोध।

मूल्य : रू. १६०/-

खुशी का रहस्य

चार खण्डों में विभाजित यह पुस्तक दुःख का संपूर्ण दर्शन आपके सामने उजागर करती है। दुःख का रहस्य जानकर आप वह कार्य कर पाएँगे, जो करने आप पृथ्वी पर आए हैं।

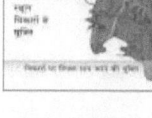

मूल्य : रू. १२०/-

विचार नियम का मूल प्रार्थना बीज

प्रार्थना में वह शक्ति निहित होती है, जो मनुष्य के जीवन में अद्‌भुत चमत्कार उत्पन्न कर देती है। इस पुस्तक द्वारा प्रार्थना बीज की अद्‌भुत शक्ति के रहस्य को समझें।

मूल्य : रू. १४०/-

नींव नाइन्टी

यह पुस्तक आज की पीढ़ी को एक नया दृष्टिकोण देती है तथा उस पर चलने का सलीका और तरीका सिखाती है।

मूल्य : रू. १५०/-

असफलता का मुकाबला–
असफलता की खूबसूरती कुछ यूँ है कि उसमें इंसान की सारी गलतियाँ भस्म हो जाती हैं और वह अपने भीतर धीरज, विश्वास और काबिलीयत का संवर्धन कर, असफलता से मुकाबला करने के लिए स्वयं को तैयार कर पाता है।

मूल्य : रू. १२५/-

आत्मविश्वास सफलता का द्वार
इस पुस्तक द्वारा अपने अंदर आत्मविश्वास बढ़ाने के लिए हर एक के लिए मार्गदर्शन दिया गया है।

मूल्य : रू. १५०/-

ध्यान नियम–
यह नियम केवल ध्यान का नियम नहीं बल्कि हमारे जीवन का एक नियम है। यह नियम ध्यान का एक ऐसा रहस्य को उजागर करता है जिसे जानकर आप जीवन की कई उलझनों को सुलझा पाएँगे।

मूल्य : रू. १६०/-

संपूर्ण ध्यान – २२२ सवाल
यह पुस्तक ध्यान का एक अलग पहलू खोलती है। इसमें ध्यान से संबंधित २२२ सवाल–जवाब दिए गए हैं।

मूल्य : रू. १९५/-

समग्र लोक व्यवहार
यह पुस्तक समग्र जीवन की कूँजी है। इस कूँजीद्वारा आप लोक व्यवहार कुशलता के खज़ाने का ताला बड़ी कुशलता से खोल पाएँगे।

मूल्य : रू. १००/-

कर्मयोग नाइन्टी
लोगों को कर्म के मर्म को समझाकर उज्वल भविष्य की ओर अभिप्रेरित कराना ही इस पुस्तक का मूल उद्देश्य है।

मूल्य : रू. १४०/-

कैसे करें ईश्वर की नौकरी
इस पुस्तक में मनुष्य की आधुनिक समय की सबसे बड़ी समस्या का समाधान प्रस्तुत किया है। संपूर्ण पुस्तक एक काल्पनिक कथा का ताना–बाना लिए हुए है, जिसका केंद्रीय पात्र है– कर्मांत।

मूल्य : रू. १२५/-

कैसे लें ईश्वर से मार्गदर्शन
यह पुस्तक न केवल ईश्वर से मार्गदर्शन पाने का तरीका सिखाती है बल्कि हमें हर कार्य हँसते हुए करना भी सिखाती है।

मूल्य : रू. ९५/-

बेस्ट सेलर पुस्तक 'विचार नियम' श्रृंखला के रचनाकार
सरश्री द्वारा सत्य संदेश का लाभ लें

संस्कार चैनल

सोमवार से शनिवार शाम 6:30 से 6:50
और रविवार शाम 8:10 से 8:30

www.youtube.com/tejgyan

पर भी सरश्री के प्रवचनों का लाभ ले सकते हैं।

For online shopping visit us - www.tejgyan.org
www.gethappythoughts.org

हर मंगलवार, शुक्रवार, शनिवार, रविवार सुबह ९.१५ रेडियो विविध भारती, एफ. एम. पुणे पर 'तेजविकास मंत्र'

हर शनिवार सुबह ८.५५ रेडियो एम. डब्ल्यू. पुणे,
तेजज्ञान इनर पीस ॲण्ड ब्यूटी कार्यक्रम

नोट : उपरोक्त कार्यक्रमों के समय बदल सकते हैं इसलिए समय पुष्टि करें।

तेजज्ञान इंटरनेट रेडियो

२४ घंटे और ३६५ दिन सरश्री के प्रवचन और भजनों का लाभ लें,
तेजज्ञान इंटरनेट रेडियो द्वारा। देखें लिंक
http://www.tejgyan.org/internetradio.aspx

तेजज्ञान फाउण्डेशन – मुख्य शाखाएँ
पुणे (रजिस्टर्ड ऑफिस)
विक्रांत कॉम्प्लेक्स, तपोवन मंदिर के नज़दीक,
पिंपरी, पुणे-४११ ०१७.
फोन : 020-27411240, 27412576

मनन आश्रम
सर्वे नं. ४३, सनस नगर, नांदोशी गाँव,
किरकटवाडी फाटा, तहसील – हवेली,
जिला- पुणे – ४११ ०२४. फोन : 09921008060

e-books
•The Source •Complete Meditation •Ultimate Purpose of Success •Enlightenment •Inner Magic •Celebrating Relationships •Essence of Devotion •Master of Siddhartha •Self Encounter, and many more.
Also available in Hindi at www. gethappythoughts.org

Free apps
U R Meditation & Tejgyan Internet Radio on all platforms like Android, iPhone, iPad and Amazon

e-magazines
'Yogya Aarogya' & 'Drushtilakshya'
emagazines available on www.magzter.com

e-mail
mail@tejgyan.com

website
www.tejgyan.org, www.gethappythoughts.org

– नम्र निवेदन –
विश्व शांति के लिए लाखों लोग प्रतिदिन
सुबह और रात ९ बजकर ९ मिनट पर प्रार्थना करते हैं।
कृपया आप भी इसमें शामिल हो जाएँ।

www.ingramcontent.com/pod-product-compliance
Lightning Source LLC
La Vergne TN
LVHW041705070526
838199LV00045B/1207
9788184154214